Kontaktadresse nach EU-Produktsicherheitsverordnung:
produktsicherheit@fischerverlage.de

Die Geschichte von Heinrich Bluntschli, dem »ägyptischen Heinrich«, ist ein wenig auch die Geschichte seines Ururenkels. Denn er hat mit Umsicht und Geduld nach Spuren seiner Vorfahren gesucht und ist dabei auf allerhand Menschliches, das heißt Merkwürdiges und Abgründiges, Ägyptisches und Schweizerisches gestoßen. Ein amüsanter und spannender Bericht, denn Markus Werner kann wie kaum ein anderer Witz und Wahrheit auf ihren gemeinsamen Nenner bringen.

»In diesem halb-historischen Roman verstört Geschichte. Besseres kann sie, in erzählter Form, kaum bewirken.«
Susanne Beyer, Der Spiegel

Markus Werner wurde 1944 in der Schweiz, in Eschlikon im Kanton Thurgau, geboren und starb 2016 in Schaffhausen. Er studierte in Zürich Germanistik, arbeitete bis 1990 als Lehrer und dann als freier Schriftsteller. Seine Bücher wurden in mehrere Sprachen übersetzt und vielfach ausgezeichnet. Er veröffentlichte die Romane ›Zündels Abgang‹, ›Froschnacht‹, ›Die kalte Schulter‹, ›Bis bald‹, ›Festland‹, ›Der ägyptische Heinrich‹ und ›Am Hang‹. Zu seinem Werk erschien der von Martin Ebel herausgegebene Band ›»Allein das Zögern ist human«‹.

Weitere Informationen finden Sie auf www.fischerverlage.de

Markus Werner

Der ägyptische Heinrich

Roman

FISCHER Taschenbuch

3. Auflage

Erstveröffentlichung im Residenz Verlag, Salzburg, Wien

Printed in Germany
ISBN 978-3-596-19068-3

I

Ich hatte viel von ihr gehört, viel über sie gelesen, und ihr Erscheinungsbild war mir so gut vertraut wie ihre Herkunft und ihre Körpermaße, und alles, was ich wußte und mir während der Fahrt zu ihr noch einmal nicht ohne Erregung vergegenwärtigte, deutete Großes an. Trotzdem verlor ich, als ich vor ihr stand, die Fassung, die Knie zitterten mir, ich schrumpfte. Nie zuvor hatte eine wirkliche Wirklichkeit mein Bild von ihr so entschieden verkläglicht, daß ich mich meiner Vorstellungskraft hätte schämen müssen. Nun tat ich es – wenn auch nur für ein paar Augenblicke –, denn vor dem sinnlichen Da des Wunders, ich spürte es, wird *alle* Malerei des Hirns zum bleichen Pfusch.

Ich stand ihr gegenüber, erschüttert, überwältigt von ihrer Ausstrahlung und gelassenen Wucht. Hinfällig war ich, ein markloser Zwerg, ein Erdenwurm halt, der sich endlich, nachdem die Benommenheit ein wenig gewichen war, dazu anschickte, um sie herumzukriechen, immer ehrfürchtig und immer ungläubig aufschauend zu ihr und zum Tiefblau des Himmels, dem sie entgegenwuchs. Andere umkreisten das Phänomen auf Kamelen, der Rummel war groß.

Aber als ich, nach Bezahlung des Eintritts, ins Innere und Dunkle drang, war ich plötzlich allein.

In tief gebückter Haltung folgte ich dem abwärts führenden Schacht. Die Luft wurde stickig, ich dachte an Umkehr. Am Ende des Gangs konnte ich mich aufrichten und etwas Atem schöpfen. Dann begann der ansteigende Stollen, der endlos schien. Ich quälte mich vorwärts und dachte an Umkehr. Ich dachte an die Millionen von Tonnen Gestein über mir, die, aufgeschichtet von Menschenhand vor Jahrtausenden, jederzeit und gerade jetzt, wo ich so gern noch ein Weilchen gelebt hätte, ins Wanken kommen konnten. Endlich mündete der Tunnel in eine hohe, langgestreckte Galerie, eine Art Treppenhaus, nach dessen oberster Stufe nochmals ein kurzer Engpaß folgte, der sich als Gang und Eingang zum Zentrum erwies. Ich stand in der Königskammer, ich stand in der Grabkammer, die in Wahrheit keine Kammer, sondern ein kleiner Saal ist, ein Grabsaal, leer bis auf den leeren Granitsarg des verschollenen Cheops.

Ich blieb nicht lange, es roch so arg nach Urin, daß ein gemessenes Verweilen nicht in Betracht kam. Auch huschte jetzt ein asiatisches Pärchen herein und sagte Good morning. Ich warf noch einen Blick in den offenen Sarkophag, Kaugummis, eine zerknüllte Tampaxschachtel, ich kroch zurück ans Licht.

Es war schon später, als ich geglaubt hatte, es blieb mir keine Zeit mehr für die zwei anderen Pyramiden und für die Sphinx. Wenn mir die Botschafterin schon eine Audienz gewährte, so durfte ich sie weder warten lassen noch in verschwitztem und verstaubtem Zustand vor sie treten. – Antreiben mußte ich den Taxifahrer nicht, er fuhr so mörderisch wie alle, und ich hatte im Hotel noch Zeit genug, mich zu duschen und die Kleider zu wechseln. Ich hätte sogar noch etwas essen und trinken können, glaubte aber, da ich auf dreizehn Uhr geladen war, an einen kleinen Imbiß oder Umtrunk auf der Botschaft.

Sie lag nur wenige Fußminuten vom Hotel entfernt, ich fand sie auf Anhieb, obwohl man die schneeweiße und durchaus stattliche Villa aus kolonialen Zeiten leicht übersehen kann, da sie von den umstehenden Gebäuden überragt und insbesondere von der direkt neben ihr sich erhebenden ARAB INVESTMENT BANK förmlich erdrückt wird. Und da sie zudem von der brodelnden Straße zurückversetzt und vom einzigen Grün weit und breit umgeben ist, erscheint sie vollends als Insel und sonderbares Relikt, verloren, unwirklich fast. Umso eigensinniger, so schien es mir, blähte sich die auf der hellblauen Holzbalustrade aufgepflanzte Schweizerfahne im Wind der Gegenwart.

Als der ägyptische Wachmann, der in einer verglasten Loge zwischen dem äußeren und dem inneren Gitterportal saß, bemerkte, daß ich Einlaß begehrte, plauderte er noch ein wenig mit einem Kollegen, ehe er auf den Knopf drückte, der die Verriegelung des äußeren Tores öffnete, das gleich nach meinem Passieren wieder zuschnappte. Ich war jetzt gefangen, mußte Rede und Antwort stehen und meinen Paß durch einen Schlitz schieben. Der Wachmann studierte ihn und telefonierte dann lange mit dem Inneren der Botschaft, worauf er mir mit Knopfdruck das zweite Gittertor öffnete. Ich eilte über den Vorplatz, ich hatte aufgrund der Schleuse rund zehn Minuten Verspätung und nahm auf der Freitreppe zwei Stufen auf einmal. Die Eingangstür war angelehnt, ich stieß sie zögernd auf und kam in ein geräumiges Entree. Links und rechts befand sich je ein Büroraum hinter Glas. Ich trat zum rechten hin, da ich nur dort jemanden sah, eine junge Frau, die sich erhob, zum Schalter kam und mich mit Namen begrüßte. Sie sagte, die Frau Botschafterin sei im Moment noch besetzt, wies auf den Tisch und die Stühle in der Ecke des Vorraums und bat mich, noch ein wenig Platz zu nehmen. Ich setzte mich, stand aber gleich wieder auf, als ich ein Anschlagbrett entdeckte. Die Mitteilungen, die ich überflog, richteten sich an die Mitglieder der hiesigen Schweizerkolonie, hatten aber keinen amtlichen Charakter, sondern verwiesen auf private Veranstaltungen und Aktivitäten. Auf einem der Blätter, einem ziemlich veralteten offenbar, las ich, daß es nach den jüngsten Erfolgen unserer Fußballnationalmannschaft an der Zeit sei, auch hier in Kairo Farbe zu bekennen und die bereits bestehenden Teams von Italien und Holland herauszufordern. Gesucht würden deshalb elf senkrechte Männer, vorzugsweise Schweizer, die Kampfgeist und Kameradschaftssinn hätten. – Ich las nicht weiter, setzte mich wieder und dachte an meinen Vorfahren, um dessentwillen ich hier war und der das unermeßliche Glück gehabt hatte, in einer Zeit zu leben, in der es zwar mancherlei Seuchen gab, aber wenigstens keinen Sport.

Nach einer Viertelstunde war es soweit, und die Botschaftssekretärin führte mich über eine Steintreppe ins Obergeschoß, klopfte dort an eine halboffene Tür, wartete das Ja ab und meldete mein Hiersein. Die Botschafterin empfing mich nicht herzlich, aber höflich. Sie war etwa Mitte fünfzig und wie erwartet von gepflegter und gesetzter Erscheinung und mittelkühler Aura. Zwischen den beiden schwarzledernen Polstersesseln, auf denen man Platz nahm, stand ein Glastisch, auf dem in einer farblosen Klarsichthülle der Brief lag, in dem ich der Botschafterin die Gegebenheiten, soweit sie mir bekannt waren, geschildert, mein Vorhaben skizziert und sie um ihre Hilfe gebeten hatte. Die Botschafterin fragte, ob ich mich in Kairo schon etwas umgesehen hätte. Ja, sagte ich, ich sei noch ganz benommen von den ersten Eindrücken, vor allem von den Pyramiden, die so aufreizend unerschütterlich im Strom der Zeit stünden, während unsereins von ihm fortgerissen … – Ich brach ab vor Schreck über den zutraulichen Schwulst, und die Botschafterin räusperte sich und sagte dann: Sie suchen hier also nach Spuren Ihres Großvaters. – Meines Ururgroßvaters, sagte ich. – Sie warf einen raschen Blick auf meinen Brief. – Ja, richtig, sagte sie, das ist ja eine schöne Weile her. – Ich gab ihr recht und meinte, daß eben dieser Umstand die Nachforschungen erschwere. – Dabei schaute ich hinüber zum großen Schreibtisch, auf dem sich Berge von Dossiers stapelten – warum zögerte die Botschafterin mit der Aushändigung der Akte meines Ururgroßvaters? – Die Botschafterin, als ahne sie, was in mir vorging, sah jetzt schon den Zeitpunkt gekommen, das Ende der Audienz einzuleiten, indem sie mir zu erkennen gab, daß sie solche Familiengeschichten überaus interessant finde, daß aber mit Anliegen wie den meinigen nicht sie selbst, sondern der Konsul sich befasse und sogar schon befaßt habe, er stehe mir jetzt zur Verfügung. – Und damit wußte ich nach acht Minuten einerseits, daß ich entlassen war, und andrerseits, daß ich empfangen worden war, obwohl ich keine Sache von eidgenössischem Belang verfolgte.

Der Konsul empfing mich nicht herzlich, aber freundlich. Ich sah, daß er eine farblose Klarsichthülle vor sich auf dem Schreibtisch liegen hatte, in der sich eine Kopie meines Briefes an die Botschafterin befand. Wie sich zeigte, war der Konsul meinen Fragen auf gründliche und hilfsbereite Weise nachgegangen und hatte alles in Erfahrung gebracht, was über meinen Ururgroßvater mit den Mitteln der Botschaft in Erfahrung zu bringen war, nämlich so gut wie nichts. Einzig in einem Buch mit dem Titel CENT ANS DE VIE SUISSE AU CAIRE, erschienen in den vierziger Jahren in Alexandrien, war der Konsul auf eine

Erwähnung meines Vorfahren gestoßen: *Arrivé en Egypte aux environs de 1850, après de solides études, Henri Bluntschli de Zurich fut chargé par le Gouvernement Egyptien de la direction des Salines gouvernementales. – Henri Bluntschli mourut au Caire en 1901. Il avait quatre fils et deux filles.* – Das war mager und mir bereits bekannt, so bekannt wie die Tatsache, daß Heinrich nur während fünf von fünfzig Jahren, die er an den Ufern des Nils verbracht hatte, Generaldirektor der ägyptischen Salzwerke gewesen war, aber ich machte ein freudiges Gesicht, und dies fiel mir umso leichter, als im gleichen Augenblick ein dunkelhäutiger Dienstbote mit einem Tablett eintrat, auf dem ein Glas Orangensaft stand. – Was Ihre Frage nach möglichen noch hier lebenden Nachkommen Ihres Ururgroßvaters betrifft, sagte der Konsul, nachdem er das Glas vom Tablett genommen und einen Schluck getrunken hatte, so ist das Ergebnis meiner Nachforschungen negativ. Was nicht heißen muß, sagte der Konsul, daß es nicht irgendwo auf der Welt noch Nachkommen gibt, immerhin hatte der Mann sechs Kinder. – Ja, sagte ich, nur schon von seinem einzigen Sohn und Kind aus erster Ehe stammen rund zwei Dutzend noch lebende Menschen ab, zu denen ja auch ich gehöre, allerdings heißt von all diesen Leuten niemand mehr Bluntschli, da dieser Sohn nur zwei Töchter – die eine war meine Großmutter –, aber keinen sogenannten Stammhalter hatte. Hingegen besteht die Möglichkeit, daß die Söhne, die der ägyptischen

Ehe meines Ururgroßvaters entsprungen sind, ihrerseits wieder Söhne hatten und diese wieder und so fort, weshalb ich auch in der Hoffnung angereist bin, hier in Ägypten einen lebendigen Bluntschli zu finden. – Seine diesbezüglichen Recherchen, sagte der Konsul und schaute auf die Uhr, seien wie erwähnt negativ verlaufen, ob ich sonst noch einen Wunsch hätte. – Ich fragte, ob ich die drei alten Bücher zum Thema *Schweizer in Ägypten*, die er mir gezeigt habe, zum Studium mit ins Hotel nehmen dürfe. – Eigentlich nicht, sagte er, aber wir wollen eine Ausnahme machen und nicht bürokratisch sein. – Er nahm ein Blatt Papier, schrieb die Titel der drei Bücher darauf, bat mich um meine Unterschrift, bat mich um meinen Paß, den er kopierte, und legte Blatt und Paßkopie in ein farbloses Klarsichtmäppchen. Es war mir bewußt, daß ich den Konsul zu quälen begann, ich fragte ihn aber doch noch, ob er eine Ahnung habe, wo mein im Jahr neunzehnhundertundeins hier verstorbener Ururgroßvater begraben sein könnte. – Er wisse nur, sagte der Konsul, daß es damals noch keinen Schweizer Friedhof in Kairo gegeben habe, aber vielleicht könne mir der hiesige Schweizer Pastor weiterhelfen. – Er schrieb, schon im Stehen, dessen Namen und Telefonnummer auf einen Zettel, geleitete mich hinaus und sagte – so sehr schien ihm der Kopf zu schwirren –: Auf Wiedersehen, Herr Bluntschli.

Nachdem ich mich im nahen Swissair-Restaurant, bedrängt von sechs Kuhglocken, ein wenig gestärkt hatte, ging ich zurück zum Hotel. Auf den Gehsteigen herrschte ein solches Gewimmel, daß Zusammenstöße nur durch ständige Ausweichmanöver vermieden werden konnten, wobei mir auffiel, daß immer *ich* es war, der ausweichen mußte, während die Einheimischen, als wäre ich Luft, nie auswichen und Platz machten – ein Verhalten, das ich als späten Rachereflex auf jene Zeiten deutete, als sich die europäischen Herren, worunter gewiß auch mein Heinrich, den Weg durch die Einheimischen mit Stockhieben bahnten. Im Hotel begann ich sofort in den ausgeliehenen Büchern zu blättern, und mit Freude stieß ich schon bald auf den Hinweis, daß die in Kairo gestorbenen Schweizer Protestanten bis zum Ersten Weltkrieg auf dem protestantischen englischen Friedhof beigesetzt worden seien, dann aber infolge vermehrten Eigenbedarfs der Engländer kein weiteres Gastrecht mehr hätten genießen können. Ich rief noch am gleichen Abend den Schweizer Pastor an, stellte mich kurz vor und fragte ihn, ob er wisse, wo sich der protestantische englische Friedhof befinde, falls er überhaupt noch existiere. Der Pastor war sehr nett und wußte es nicht, verwies mich aber an die zwei Schweizer Inhaber einer Kairoer Buchhandlung. Der Vater, neunzig, lebe seit seiner Jugend hier und wisse viel von früher, der Sohn verwalte den Schweizer Friedhof.

Am anderen Morgen, nach schlechtem Schlaf und Ahnenträumen, suchte ich die Buchhandlung auf und sah mich – obwohl nicht angemeldet und den Herren ein Fremdling – aufs liebenswürdigste empfangen. Sie wußten um die letzte Ruhestätte der frühen Schweizer, kannten sogar die genaue Lage, meinten aber, es sei mir auch mit Hilfe des Stadtplans unmöglich, den protestantischen englischen Friedhof allein zu finden. Sie boten mir an, Mahmud, ihren zuverlässigsten Mitarbeiter, gründlich zu instruieren und mir als Führer mitzugeben.

Am liebsten wäre ich gleich aufgebrochen, ein unruhiger Eifer, ein Fieber fast schien mich befallen zu haben, aber im Orient wird nichts überstürzt, wir fuhren zwei Tage später. Mahmud, ein Ägypter nubischer Abkunft, hochgewachsen und kräftig, zuvorkommend auf zurückhaltende Art, steuerte den Wagen auf die endlose Corniche, der er in südlicher Richtung folgte. Rechterhand – braun, ungeheuerlich und abgeklärt – der Nil. Wenige Minuten nach dem Passieren des Aquädukts, der ihn, den Nil, seit Saladins und noch zu Bluntschlis Zeiten mit der Zitadelle verband, bog Mahmud nach links ab, hielt irgendwo an, stieg aus, erkundigte sich, fuhr weiter, hielt an, erkundigte sich. Schließlich ließ er den Wagen stehn, die ungepflasterten Straßen gehörten den Eselskarren, und wir suchten zu Fuß, und Mahmud fragte hier und fragte dort, und eine Frau mit blutigem Messer in der Rechten griff sich, während sie antwortete, mit der Linken zwei Täubchen aufs Mal aus dem Käfig, bog ihnen die Hälse nach hinten, durchschnitt ihre Kehlen und warf sie in ein

Blechfaß, und Hunde folgten uns, räudige, sandgelbe, die, sobald wir uns umdrehten, stehenblieben und ihr Geschlecht benagten, und ein Fleischer schien den Friedhof zu kennen, denn er zeigte mit seinem Beil in eine bestimmte Richtung, bevor er damit auf einem dreibeinigen Holzblock den Kopf einer Ziege zerteilte, indem er zuerst die Hirnschale abschlug, dann mit Daumen, Zeige- und Mittelfinger das Gehirn herausklaubte, dann den Schädel mit einem Längs- und einem Querhieb spaltete. Wir passierten tote und lebendige Baustellen und Hinterhöfe, Mahmud fragte sich durch, und seine Frage löste Gegenfragen aus und zog auch Ungefragte an, die wissen wollten, was wir wissen wollten, und plötzlich standen wir vor einer Mauer, und Mahmud sagte: Here we are.

Er klopfte an ein Eisentor, es tat sich nichts. Er schlug daran und rief. Es wurde uns aufgetan. Der Friedhofswärter, ein Gnom mit türkisfarbenem Hütchen, nickte, während ihm Mahmud mein Anliegen vortrug, so heftig, daß ich den Eindruck gewann, nichts sei ihm vertrauter als Heinrichs Grab. Aber als er uns dann eingelassen hatte, zeigte er nur vage auf die linke Hälfte des knapp fußballfeldgroßen Friedhofs, wo auf grasloser Erde, spärlich beschattet von vereinzelten Palmen und Akazien, vielleicht hundert verwitterte Grabmäler windschief herumstanden. Die andere Hälfte war vom saftigsten Rasen bewachsen, dort lagen die Engländer in Reih und Glied unter niederen weißen Steinen. Ich bat Mahmud, den Wärter zu fragen, ob auf diesem Friedhof überhaupt noch Gräber aus der Zeit der Jahrhundertwende zu finden seien. Der Wärter wußte es nicht, er wußte nur, daß sich die ältesten und vor kurzem abgeräumten genau dort befunden hatten, wo wir jetzt standen.

Die Erde war weich hier und von einem seltsamen Hellviolett wie überhaucht. Der Gnom entfernte sich, Mahmud und ich begannen, jeder für sich, zu suchen, und wenn Mahmud auf einen Namen stieß, der irgendeine Ähnlichkeit mit dem Namen Bluntschli zu haben schien, so winkte er mich heran, und ich eilte mit Herzklopfen hin, um festzustellen, daß Mahmud nur einen Balzli oder einen Schlumpf gefunden hatte – immerhin zwei unverkennbar schweizerische Namen. Nach einer halben Stunde hatte ich den Überblick: Die meisten Grabsteine und Grabkreuze erinnerten an Engländer, zum Teil auch an Deutsche, die in der ersten Jahrhunderthälfte gestorben waren; rund zwölf andere konnte ich aufgrund der Namen oder sonstiger Hinweise – wie etwa der Inschrift SEIN LEBEN WAR ARBEIT – als schweizerisch identifizieren, wobei das älteste dieser Gräber aus dem Jahr neunzehnsieben stammte. Da es nahe der abgeräumten Zone lag, nahm ich an, daß die dortigen Gräber noch einige Jahre älter gewesen waren und daß sich darunter auch das meines Ururgroßvaters befunden haben mußte. Ich war also ein paar Monate, vielleicht nur ein paar Wochen zu spät gekommen, man hatte hier, während ich in den Archiven Zürichs saß und Spuren suchte, das wohl massivste Zeugnis seines Dagewesenseins entfernt.

Da rief Mahmud, der meine Betrübnis gespürt und sich ein wenig zurückgezogen hatte, hinter einem Maulbeerfeigenbaum hervor, ich solle kommen. Am Maulbeerfeigenbaum lehnte ein Grabsteinfragment in der Form eines stehenden Trapezes. Es war, von mir aus gesehen, der linke Teil des von links oben nach rechts unten diagonal zerbrochenen Steins, und zu entziffern war Folgendes:

HEINR
18
FERN DER H
VEREINT IN

Ich war überzeugt und ergriffen im ersten Moment, dann kamen mir Zweifel. Gewiß, hier handelte es sich um einen HEINRICH, um einen Heinrich zudem, der wie der meinige um 18soundso geboren worden war, nur, ich wußte es, gab man in jener Zeit fast jedem dritten Schweizerknaben diesen Namen, und auch im deutschen Nachbarland war er gebräuchlich. Noch skeptischer hingegen stimmte mich die Grabinschrift. Das mit H beginnende Wort hieß HEIMAT, daran war nicht zu rütteln. Und in was konnte man fern der Heimat VEREINT sein? IN LIEBE? IN TREUE? Vielleicht IN GOTT? – So oder so, der Spruch zeugte von inniger Verbundenheit mit dieser Heimat und von der Gewißheit, vereint zu sein mit den Dortigen. Dies aber paßte nicht zu Heinrich, es paßte nicht zu den fatalen Umständen, unter denen er als junger Mann die Heimat verlassen hatte, und nicht zu jenen, die er sich in Ägypten schuf und die ihm die Fühlung mit ihr entbehrlich zu machen schienen. Aber ich konnte mich irren, es war mir ja bekannt, daß es in seinen späten Lebensjahren wieder Berührungen gab, und wer kann wissen, wie nahe seinem Herzen, als es ans Sterben ging, das früh Verlorene und scheinbar Abgetane rückte? Jedenfalls war keine Gewißheit zu haben ohne die fehlende Hälfte des Grabsteins, und Mahmud fragte den Friedhofswärter, der sich in Erwartung des Bakschischs seit längerem in unserer Nähe aufhielt, wo diese Hälfte hingekommen sei. Der Wärter wußte es nicht. Ich drückte ihm zur Ermunterung zwei ziemlich große Scheine in die Hand, er wußte es trotzdem nicht, er verbeugte sich nur.

2

Obwohl der Pfarrer daneben stand, um das Abladen der Fäßchen zu überwachen, fiel eines vom Karren und schlug leck. Der Pfarrer, unbeherrscht seit je, fluchte wie ein Fuhrknecht, die Fuhrknechte schwiegen und stierten auf die rote Pfütze und auf die rasch versickernden Rinnsale um sie herum. Als die herbeigeschriene Dienstmagd, zwei Krüge an jeder Hand, auf dem staubigen Hof vor der Pfarrscheune eintraf, gab das Fäßchen schon nichts mehr her, und Stille machte sich breit. Und die Schläfenadern des Pfarrers waren so ausgeprägt, daß die Fuhrleute sowohl ihren Taglohn als auch ihr Trinkgeld samt Speis und Trank verloren sahen. Da beugte sich die Magd über das lädierte Fäßchen, klopfte mit dem Knöchel daran – es tönte hohl – und sagte mit einer Stimme, die noch hohler tönte: Der Herr hat's gegeben, der Herr hat's genommen. – Worauf der Pfarrer, zur Verwunderung aller, das flammende Schwert aus der Hand fallen ließ und zu glucksen begann, so daß sich die Helfer und Gaffer ihrerseits nicht länger bezähmen konnten. In der Mitte des Aufruhrs aber stand Beth, die fromme, schwerhörige Magd, und da sie, was vorging, nicht recht verstand, suchte sie die Augen des Pfarrers, und der Pfarrer sah es und gebot mit einer Handbewegung Ruhe. – Macht fertig, sagte er mild, die Tafel wartet.

Umständehalber und ausnahmsweise hatte er in diesem Jahr, zusätzlich zu den elf Eimern, die ihm als Teil seiner Naturalbesoldung zustanden, noch weitere vierzehn Eimer angefordert. Macht zusammen fünfundzwanzig Eimer, macht zusammen, da ein Eimer damals und in jener Gegend einer Flüssigkeitsmenge von einhundertundzehn Litern entsprach, zweitausendsiebenhundertfünfzig Liter, ein unerhörtes Quantum. – Woher dieser Bedarf? Wohl liebte der Pfarrer – es war kein Geheimnis im Sechshundertseelendorf – den Wein, wohl war er ein eifriger Jäger, der nach jeder Treibjagd nicht nur die Schützen, sondern auch alle Treiber in seine Trottstube lud, nur: neu waren diese Umstände nicht, es wurde immer schon, seit seiner Amtseinsetzung vor einem Jahrzehnt, großzügig aus- und eingeschenkt in der Pfarrei, und trotzdem hatten die jährlichen elf Eimer immer, fast immer ausgereicht.

Ein anderer Umstand war neu. Seit einigen Monaten gab es keine Frau Pfarrer mehr, der Pfarrer lebte allein im stattlichen Pfarrhaus, einem zweigeschossigen, traufständigen Giebelbau, der heute noch, doch davon später, steht, und während der Pfarrer im Vorjahr, um die eheliche Disharmonie und Mißstimmung der Gemüter ertragen zu können, häufiger als üblich zum Krug gegriffen hatte, so tat er es jetzt, nach Barbaras Auszug, noch energischer, einerseits um sich von der Mühsal seiner

Ehe, die zwei Dezennien gedauert hatte, zu erholen, andererseits um die Stille im Haus auszuhalten, drittens und vor allem aber in der Hoffnung – er war fast fünfzig –, sich zu verjüngen, denn seine Zukunft, die schon ein bißchen begonnen hatte und Margaretha hieß, erforderte Mut und Glut.

Wie auch immer, der Vorrat schmolz, und wäre die Tür zum Weinkeller nicht verriegelt und der Schlüssel versteckt gewesen, so hätte er womöglich den Verdacht gehabt, der treue Stallknecht Melchior genieße heimlich mit. Doch Melchior, der das Versteck seit langem kannte, blieb unbehelligt und bediente sich. – Jedenfalls drohte ein Engpaß, und der Pfarrer, geplagt von der Vorstellung, Mangel zu leiden, sah sich gezwungen, sein Kontingent gehörig aufzustocken und auf vorzeitiger Lieferung zu bestehen. Die Kosten kümmerten ihn, aber in seinem Taschenbüchlein hatte er schriftlich ausgerechnet, wie teuer ihn seine eßlustige Frau im Jahresdurchschnitt zu stehen gekommen war, nämlich nicht sehr viel billiger als vierzehn Eimer Wein. Allerdings berücksichtigte diese Rechnung nicht, daß er sich vor dem Ehegericht dazu verpflichtet hatte, ihr nach der Scheidung alljährlich die Summe von einhundert Gulden zu entrichten. Die Dorfhebamme verdiente im gleichen Zeitraum zwölfeinhalb, der Totengräber elf Gulden, der Pfarrer zirka fünfundsiebzig, so daß er den richterlich ratifizierten Betrag, für den der Schindelmacher viermal mehr Eichenschindeln hergestellt hätte, als für die kürzlich vorgenommene Neudeckung des Kirchturms nötig gewesen waren, und ohne den seine fünf Jahre ältere und kinderlos gebliebene Barbara niemals gewichen wäre, der Schatulle entnehmen mußte, in der sein väterliches Erbe lag. Darüber führte er gesondert Buch. Er tat es im Bewußtsein, daß er dem seligen Vater Salomon, Steinmetz und Steinwerkmeister, Mitwirkender und Mitverdiener am gewaltigen Bau des Waisenhauses in der Kantonshauptstadt, so ziemlich alles verdankte, am meisten aber die freie Bahn zum späten Glück, das Margaretha hieß.

Er selbst hieß Hans Conrad und saß am Abend nach der Lieferung der Fäßchen dösend im Ohrensessel, die schwere Bibel auf dem Schoß. Allmählich verstummten die Amseln, später die Dorfgeräusche, und zum Fenster herein kam nur noch Holunderduft. Kaum war Hans Conrad eingenickt, setzte sich Gretchen auf seine Knie, rittlings, umschlang seinen Nacken und wisperte in sein Ohr: Führe mich, König, in deine Gemächer, wir wollen jubeln! – Der Pfarrer schrak auf, griff sich ans Ohr, entfernte einen Junikäfer und legte die Heilige Schrift, die drückend auf seiner Versteifung lag, beiseite. Dann beugte er sich aus dem Fenster, horchte, spähte hinunter in die Neumondfinsternis des Gartens – nichts. Nicht einmal den Kirschbaum konnte er sehn, an dem das Haselstecklein lehnte, mit dem Margaretha dreimal sanft an den Stamm schlug, wenn ihr Instinkt die äußeren Umstände als so günstig beurteilt hatte, daß sie es wagte, in den Pfarrgarten zu huschen, was selten geschah. Geschah es, so geschah nicht viel. Wohl wurde Hans Conrad, wenn er das Stecklein hörte, zum lodernden Jüngling, der so behend, wie es die Körperfülle zuließ, die Treppe hinunter und durch die Hintertür hinaus in den Garten eilte, dort aber kühlten ihn Margarethas Vernunft und ihre kühlen Hände ab. Sie hatte ihn gern, sie teilte zwar nicht seine Liebeswut, doch sein Verlangen. Gerade deshalb schien es ihr nötig, das Künftige jetzt nicht durch Ungeduld und mangelnde Vorsicht zu gefährden. Man hatte dem Pfarrer die Scheidung verziehen, da er, im Unterschied zu seiner Frau, beliebt und nützlich war. Man würde ihn mit Schimpf verjagen, wenn ruchbar würde, daß er, der die Aufsicht hatte über den sittlichen Wandel des hiesigen Volks, mit Gretchen Schärer, der Tochter des hiesigen Kirchengutsverwalters, heimlichen Umgang pflegte. – Dies alles sah sie nüchterner und klarer als der Pfarrer, obwohl sie sechsundzwanzig Jahre jünger war, und deshalb waren die Zusammenkünfte kurz und selten, und um nicht in die Glut zu blasen, verwehrte ihm Margaretha sogar ihren Mund.

Mitternacht war jetzt vorüber, sie würde nicht mehr kommen. Im Schein des Hammeltalglämpchens sammelte er drei weitere Junikäfer ein, warf sie ins Freie und schloß das Fenster. Heiß legte er sich nach dem Schlummertrunk zur Ruhe. Er rechnete. Am sechsten Dezember des Vorjahrs war der Lebensbund aufgelöst worden. Heute war der zwölfte Juni. Die gesetzliche Wartezeit bis zur nächstmöglichen Schließung eines Lebensbunds betrug zehn Monate. Also würde er am sechsten Oktober dieses Jahres als wiedervermählungsberechtigter Mann aus dem Bett steigen. Also mußte er, Moment mal, noch drei Monate, drei Wochen und drei Tage ausharren – eine Durststrecke, die mit Herrgottshilfe und Rotwein zu überleben war.

Sie war es. Und sie dauerte – die Fakten sind unerbittlich – nicht *einen* Tag länger als berechnet, denn Leidenschaft schließt Kalkulation nicht aus: Am sechsten Oktober achtzehnhundertzweiundzwanzig führte Hans Conrad Bluntschli, Pfarrer zu Urdorf im Limmattal, Margaretha Schärer, die er an Ostern vor fünf Jahren konfirmiert hatte, heim und in seine Gemächer und in sein zweischläfriges Bett, in welchem acht Monate und neun Tage später Conrad junior als strotzende Frühgeburt das Erdenlicht erblickte und schon elf Monate nach ihm der weniger strotzende Heinrich, der mein Ururgroßvater wurde und war.

3

Ihren Körper, den nackten, hat meine Mutter mir immer vorenthalten und meine Schwester den ihrigen auch. Ich mußte zehn oder zwölf werden, bis sich der Schleier hob. Man hatte das hellblaue, weißgeblümte Sofa im Schlafzimmer der Großmutter als Bett hergerichtet, und darin lag ich und wehrte mich gegen das Einschlafen und tat dann, als die Großmutter leise ins Zimmer trat und ihr Lämpchen anknipste, als läge ich im Schlummer. Die Großmutter, zwischen fünfundsechzig und siebzig damals, entkleidete sich langsam, und ich sah, keine zwei Meter von mir entfernt, endlich und erstmals alles. An Einzelnes erinnere ich mich nicht. Sie war gewiß keine Schönheit mehr, aber mir fehlten ja die Vergleichsmöglichkeiten, ich nahm die nackte Frau *als solche* wahr, als das erregend Neu- und Andersartige.

Es ruhten aber auf ihrer Gestalt noch zwei andere Augen, braun wie die meinen, aber noch unverwandteren Blicks, sie schauten aus dem dunklen Gemälde, das über dem Sofa hing, auf die entblößte Nachfahrin herab, die sich nach ein paar Atemzügen am offenen Fenster das Nachthemd überzog und dann ins Bett stieg und das Licht ausmachte. Ich lag noch lange wach, aufgewühlt und beklommen, hörte das Rauschen der Kastanienbäume, und obwohl ich doch zwischen Ururgroßvater und Großmutter lag, fühlte ich mich verwaist.

Über den Mann auf dem Ölbild wußte ich damals noch wenig, denn von allem, was mir die Großmutter, während ich Kind war, erzählt hatte, war mir das wenigste faßlich. – Schau, sagte die Großmutter etwa, ich bin die Mutter deines Vaters, also deine Großmutter. Und der Mann auf dem Bild ist der Vater meines Vaters, also mein Großvater. Und sicher hast du schon von den ägyptischen Pyramiden gehört oder vom Suezkanal, stell dir vor: dort, in Ägypten, hat mein Großvater lange gelebt, und er ist maßgeblich beteiligt gewesen am Bau des Suezkanals. – Dies machte mir großen Eindruck, und bis auf den heutigen Tag kann ich das Wort *maßgeblich* nicht hören, ohne an meine Großmutter zu denken, von der ich es lernte. Aber es kam mir dann alles doch so sehr durcheinander, daß ich einmal, als Erstkläßler, als uns die Lehrerin ein Bild der Pyramiden zeigte, den Arm hob und mitteilte, mein Großvater sei maßgeblich an ihrem Bau beteiligt gewesen. Die Lehrerin hieß mich aufstehn, was ich stolz tat, sie kam auf mich zu, zupfte mich am Ohr und sagte: Setz dich, du Schwindler.

Ich schließe nicht aus, daß diese frühe und beschämende Zurechtweisung als Stachel steckenblieb und meinen späten Wunsch, die Wahrheit über Heinrich herauszufinden, maßgeblich mitverursacht hat. Aber vorerst wuchs ich heran, durchquerte, beschäftigt mit mir selbst, die Pubertät, und wenn ich die Großmutter in ihrem Tessinerhaus besuchte, war nicht mehr viel von ihm die Rede, obwohl er jetzt nicht mehr in ihrem Schlafzimmer hing, sondern, viel gegenwärtiger, in ihrer kleinen Stube. Immerhin fiel mir auf, daß er, je älter ich wurde, umso jünger zu werden schien. Und daß wir schließlich, als wir fast gleichaltrig waren – ich zweiundzwanzig, er dreiundzwanzig –, wieder Verbindung aufnahmen, verdanke ich meiner damaligen Freundin sowie dem Kunstbetrieb.

Allen, allen machst du schöne Augen! Kaum sind wir aus dem Haus, strahlst du herum, und ich gehe als Trottel neben dir her. Aber damit ist jetzt Schluß, sagte ich und schloß mich, zum Zeichen, daß jetzt Schluß war, in ihrer Küche ein. Sie pochte an die Tür, versöhnlich. Das ist nicht wahr! rief sie. – Allen willst du gefallen, rief ich zurück, und alle sind scharf auf dich, rief ich im Geist zurück und fand eine Flasche Kochwein im Kühlschrank und setzte mich auf den Boden, und mit jedem Schluck wurde mir klarer, in welcher Welt ich saß. – Was machst du? rief sie, ich genoß es, daß ihre Stimme so klang, als bluteten meine Pulsadern schon. Nach zehn Minuten verließ sie ihren Posten vor der Küche, so schnell verleidete ich ihr. Andererseits hörte ich jetzt aus dem Wohnzimmer LA TEMPESTA DI MARE, seit kurzem unsere Bettmusik, aber ich ließ mich nicht ködern und dachte an Auswanderung. Und da man auch als Angetrunkener sehr konsequent sein kann, entfloh ich abschiedslos und erreichte den Bahnhof und den Mitternachtszug nach Süden, und am vorläufigen Ziel, auf der Granitbank unter der Sonnenuhr und dem Schlafzimmerfenster, wartete ich, unempfänglich für die Düfte der Rosen und die Töne der Vögel, auf das Erwachen meiner Großmutter. Gegen acht stieß sie die Läden auf, warf ihr weißes Rapunzelhaar in den Junimorgen und bürstete es summend.

Du willst also auswandern, sagte sie beim Morgenkaffee, du hast es im Blut, aber ich wäre froh, wenn du vorher noch etwas jäten könntest im Rosenbeet, weißt du, mein Kreuz, ich bin ja fast achtzig. Und da ist noch etwas, sagte die Großmutter und zeigte auf Heinrichs Bildnis. Er muß dringend nach Zürich, an eine Ausstellung im Helmhaus, und ich möchte ihn, obwohl er versichert ist, nicht der Post anvertrauen, sondern, wenn du schon hier bist, dir.

Ich blieb ein paar Tage, schlief viel und jätete wenig, und an den Abenden saßen wir in der Weinpergola, wo die Großmutter in ihrer bedächtigen Art erzählte, was sie über ihren von ihr bewunderten, aber nie gesehenen Großvater gehört und im Gedächtnis behalten hatte. Einiges war ihr in jungen Jahren von ihrer Großmutter, Heinrichs zurückgelassener Frau, erzählt worden, anderes, die ägyptische Zeit Betreffendes, hatte ihr einer der in Ägypten geborenen Söhne Heinrichs, der Charles hieß und in Triest lebte, kurz vor seinem Tod in einem langen Brief mitgeteilt. Dies waren die Hauptquellen, und so wenig meine Großmutter an deren Zuverlässigkeit zweifelte, so wenig zweifelte ich damals an der Glaubwürdigkeit des in der Pergola Vernommenen. Es stand fest, daß mein Ururgroßvater ein bedeutender Mann gewesen war, der sich nicht nur, wie die Großmutter es ausdrückte, Schulter an Schulter mit Ferdinand de Lesseps durch alle Hindernisse des Suezkanalbaus geschlagen hatte, sondern sich auch, dank seiner überragenden Fähigkeiten, die herzliche Achtung des ägyptischen Vizekönigs Said Pascha und seines Nachfolgers Ismail Pascha erwarb, die ihm die verantwortungsvollsten Staatsposten anvertrauten und ihm den Titel eines Paschas förmlich aufdrängen wollten. – Aber schon vor seiner Auswanderung hatte sich der Bedeutende zum Bedeutenden hingezogen gefühlt, reiste er doch mit Rudolf Koller, dem berühmten Maler der berühmten *Gotthardpost*, nach Paris, hauste mit ihm zusammen in einer Dachstube und ließ sich von ihm porträtieren. Das Ergebnis, Öl auf Leinwand, sechsundvierzig mal neununddreißig Zentimeter, hing ja an der Wand im Stübchen und strahlte beglaubigend auf alles Berichtete aus.

Trotzdem, ein bißchen skeptischer hätte ich ruhig sein dürfen, umso mehr, als mir zwei Eigenschaften meiner Großmutter schon lange vertraut waren – ehrenwerte, aber einer nüchternen Geschichtsschreibung eher abträgliche Eigenschaften: Zum einen neigte sie dazu, immer und überall das Positive zu sehen und die Welt als Summe alles

Erfreulichen zu betrachten, was, nebenbei gesagt, zur Folge hatte, daß sie sich erst im hundertunddritten Lebensjahr von ihr verabschieden mochte, zum anderen hatte sie eine ziemlich blühende Phantasie, und es ist leicht ersichtlich, daß die Verbindung dieser Eigenschaften dazu verleiten muß, Gewesenes und Seiendes zu idealisieren. Begebenheiten, die so erdrückend finster waren, daß sie sich beim besten Willen nicht aufhellen ließen, schob meine Großmutter weg. Zum Beispiel erzählte sie mir, obwohl sie die Geschichte gekannt haben mußte, nie ein Wort über ihre und also auch meine Vorfahrin Anna Elisabeth Bluntschli, die sowohl ihren Vater, den Knopfmacher David Bluntschli, als auch ihre Mutter Maria mit Hilfe von Gift zu Tode gebracht hatte und deshalb zum Scheiterhaufen geführt, mit einem Pulverfaß um den Hals an einen Pfahl gebunden und anschließend verbrannt wurde – nicht als Hexe, wohlverstanden, sondern als zivile Kriminelle. – Kein Wort davon seitens der Großmutter. Statt dessen erzählte sie lebenslang, auch in der Pergola wieder, ihr Vater Theodor Bluntschli, Heinrichs zurückgelassener Sohn, habe den Reißverschluß erfunden, woran ich lange nicht zweifelte und worauf ich noch stolzer war als auf den Suezkanal. Beides, Suezkanal und Reißverschluß, sind Kernstücke des Sippenromans, beides festigt bis heute das Selbstwertgefühl der Nachkommen, vor allem der älteren, und als ich meinem Vater, der gegen die Neunzig geht, vor kurzem und überflüssigerweise mitteilte, den Reißverschluß habe nicht sein Großvater Theodor erfunden, sondern ein Schwede namens Sundback, sagte er betrübt: Alles nimmt man mir weg, zuerst Wilhelm Tell, danach den guten Ruf der Schweiz und jetzt noch den Reißverschluß. – Als ich sagte, daß Theodor trotzdem ein genialer Geist gewesen sei, der unter anderem eine Maschine zum Schleifen von Simili-Steinen erfunden habe, fragte mein Vater, was Simili-Steine seien. – Unechte Edelsteine, antwortete ich. – Auch das noch, sagte der Vater. Er schien zu Unrecht eine Art Fälscherwerkstatt vor sich zu sehen, und er bedeckte sein Gesicht mit den Händen. – Den Reißverschluß, sagte ich, müssen wir einfach verkraften, auch ich bin ja enttäuscht, aber andererseits darf man dessen Bedeutung nicht überschätzen, da sich die Menschheit auch ohne ihn – nur mit Knöpfen, Schnallen, Häkchen und so fort – hätte behaupten können, womit ich die Leistung des Schweden Sundback nicht schmälern, sondern nur andeuten will, daß es Erfindungen gibt, die uns, gäbe es sie nicht, keineswegs fehlen würden. Klar ist ein Reißverschluß rascher geöffnet als fünf Knöpfe, man spart mit ihm, zum Beispiel im Fall des Hosenschlitzes, zwei bis drei Sekunden pro Betätigung, also je nachdem bis zu dreißig Sekunden täglich, aber … – Hier verlor ich den Faden, wahrscheinlich weil ich merkte, daß mir der Vater nicht zuhörte, sondern an etwas anderem kaute. Tatsächlich sagte er jetzt: Womöglich ist die Sache mit dem Suezkanal auch nur ein Schwindel. – Fast hätte ich, übertrieben schonungslos, geantwortet, daß meine Nachforschungen zu ebendiesem Resultat gekommen seien, daß ich es aber vorzöge, statt von Schwindel von einer Legende zu reden. – Es gibt Hinweise darauf, sagte ich statt dessen, daß Lesseps, der Erbauer des Kanals, Taufpate von Heinrichs Tochter Marie war. – Dies hörte der Vater zum ersten Mal, und sein Gesicht erhellte sich.

Keine Zweifel also damals in der Pergola und also auch kein Bedürfnis, Großmutters Geschichten mit Hilfe zusätzlicher Quellen zu überprüfen. Das Ahnenbild, wie erwähnt, strahlte beglaubigend aus, und wenn ich die Großmutter trotzdem fragte, woher man eigentlich wisse, daß wirklich Rudolf Koller es gemalt habe, so tat ich es nicht aus Unglaube, sondern aus purem Interesse, und doch war die Großmutter ungehalten. Sie sagte, man wisse es einfach, und sie sagte: Warum bist du nur immer so negativ, glaubst du, die Zürcher Kunstgesellschaft würde das Bild an einer Koller-Ausstellung zeigen, wenn es kein Koller wäre? – Dies leuchtete ein, und trotzdem ging ich der Sache – allerdings erst drei Jahrzehnte später – auf den Grund.

Nachdem ihn die Großmutter noch einmal behutsam abgestaubt hatte, verpackten wir Heinrich gemeinsam, und ich bat sie während dieser Tätigkeit, seine Lebensgeschichte doch bald einmal aufzuschreiben. – Ich will es tun, sagte sie, sofern mir noch Zeit dazu bleibt und sofern du, bis es getan ist, nicht auswanderst. – Am Gartentor nahmen wir Abschied. Gute Reise, ihr beiden, sagte sie mit mürber Stimme, und ich ging, den Ururgroßvater fest unter den Arm geklemmt, den Waldweg hinauf zur Haltestelle des Postautos.

Die Großmutter lebte und lebte und brach sich noch ein Bein. Sie lernte wieder laufen, ohne Stock. Und ich entfernte mich von Heinrich, und die Großmutter kam im Radio an ihrem Hundertsten und Hundertersten und -zweiten, und als sie starb, war ich bereits im besten Alter und erbte ein blaues Heft sowie ein Kochbuch und eine römische Münze. Das blaue Heft enthielt das einst Versprochene samt ein paar alten Briefen und Karten. Das Kochbuch aber enthielt noch anderes als Rezepte und stammte aus dem Besitz meiner Ururgroßmutter Elise, Heinrichs verlorener Frau.

4

Oberurdorf im Limmattal, wo er aufwuchs, war damals ein stimmig in die Natur gebettetes Flecklein und ist heute, wie jedes einstige Flecklein im Ballungsgebiet um Zürich, ein normaler und durchschnittlicher Schandfleck. Abgesehen von ein paar melancholischen Heugabeln im kleinen Ortsmuseum erinnert nur noch wenig an die bäuerliche Vergangenheit des Dorfs, dessen alter Kern jetzt beherrscht wird von einem sogenannten Dienstleistungszentrum, einem öden Klotz mit Einkaufsmarkt und Bank. Die Obst- und Weingärten, die den Ort einst rahmten, sind überbaut, aber in jedem Haus, dachte ich, während ich umherging, wird weiterkopuliert, jedenfalls hört man überall Säuglinge plärren, die sich in Kürze als geschlechtsreife Bewohner neuer Terrassensiedlungen weiter vermehren werden und so fort, und es scheint etwas in mir zu sein, dachte ich, während ich den Dorfbach anschaute – ihn gibt es noch, und manchmal murmelt er sogar –, es scheint etwas in mir zu sein, das bremsen möchte und dem entfesselten Werden grollt.

Der Anblick des Pfarrhauses besänftigte mich, ich schloß das herrschaftliche und doch schlichte und wohlproportionierte Gebäude mit seinen weißgetünchten Mauern und dunkelgrünen Fensterläden rasch ins Herz und rechnete ihm sein zweihundertdreißigjähriges Standhalten hoch an. Den Brunnen davor, ein Kalksteintrog mit Doppelbecken und einstrahligem Stock, berührte ich bewegt, hier, auf dem Rand des Brunnens, hatte Pfarrer Bluntschli, ein Fläschchen Kirschgeist umklammernd, gesessen und gewartet, bis die Hebamme aus der Haustür in den Maimittag trat, *es ist ein Heinrich* sagte und ihm das Bündel in die Arme legte. In diesem Augenblick hatte die Turmuhr des alten, dem Pfarrhaus unmittelbar gegenüberliegenden Kirchleins St. Nikolaus drei geschlagen.

Ich ging die paar Schritte vom Brunnen zur Haustür, neben der eine Forsythie blühte, und drückte den Klingelknopf, denn auf drei Uhr hatte ich mich mit dem zirka zwanzigsten Nachfolger von Pfarrer Bluntschli telefonisch verabredet und von ihm die Erlaubnis bekommen, das Geburtshaus meines Ururgroßvaters zu besichtigen. Die Tür wurde von einer Frau geöffnet, weshalb ich *guten Tag, Frau Pfarrer* sagte. Die Frau, reiferen Alters, musterte mich, und ich glaubte zu spüren, daß sie mich zwar nicht für einen Scherenschleifer, aber vielleicht für einen Vertreter hielt. Sie sagte, sie sei nicht die Frau Pfarrer, sondern dessen Schwiegermutter, und fragte höflich nach meinem Wunsch. Ich erklärte die Sachlage stockend. Ich kam ungelegen, ich sah es ihrem Gesicht an, aber sie ging den Schwiegersohn holen. Er war sehr jung, sehr ungezwungen, trug Pantoffeln und eine dunkelblaue Trainingshose. Ein Frottiertuch bedeckte die Achsel, und mit Freimut bekannte der Pfarrer, die Verabredung vergessen zu haben und im Moment gerade dabei zu sein, sich von der Schwiegermutter die Haare schneiden zu lassen. Er bat mich trotzdem herein, und entweder war die Schwiegermutter in Zeitnot, oder er empfand das Haarschneiden als eine Angelegenheit, die nicht ohne Schaden unterbrochen werden konnte, jedenfalls ermunterte er mich dazu, ungeniert und ohne ihn im Haus herumzugehen und mir die Räumlichkeiten anzuschauen. Ich hätte mich in seiner Begleitung wohler und freier gefühlt. Meine Scheu, allein in die Sphäre einer fremden Familie einzudringen, war so groß, daß sie zu einer Art Sehschwäche führte. Die Türen standen offen, ich blickte von der Schwelle aus in die Zimmer und nahm nichts wahr. Einzig die große Stube betrat ich, einzig an den Blick durchs Stubenfenster auf das liebenswerte Kirchlein erinnere ich mich. Hier stand und versank ich eine Weile und schaute mit Heinrichs Augen auf den vergoldeten Turmknopf unter der Wetterfahne, und ich verstand, daß dessen Geheimnis das Kind manchmal fast närrisch vor Neugier machte. Zwar hatte ihm der Vater gesagt, daß sich in der Kapsel alte Urkunden befänden, aber ein so sonderbares Wort konnte die Neugier nur nähren. Heinrich wollte die Kugel anfassen und den Inhalt betrachten, und dieses Begehren benutzte der Vater als Instrument der Erziehung. Immer wenn Heinrich nicht folgsam, reinlich oder fleißig genug war, folgte der üblichen Züchtigung noch das Sätzchen: Schade, nun muß die Kugel warten. – Ich öffnete das Fenster und schaute mit Heinrichs Augen hinunter auf den kleinen Vorplatz und den Brunnen, ich winkte dem Vater, der eben verspätet von der sonntäglichen Predigt in Dietikon, das auch zu seiner Kirchgemeinde gehörte, zurückgekehrt war und dem Stallknecht Melchior sein Reitpferd zum Tränken übergab. Der Vater winkte zurück, und Heinrich rannte in die Küche und schrie: Er kommt!, und Beth, die schwerhörige Magd, trug eilig die Schüsseln auf, die schöne Mutter legte ihre rotweiß karierte Schürze ab, und die drei Brüder, kahlgeschoren, setzten sich dem Alter nach – Heinrich in der Mitte – an die Längsseite des mächtigen Eschentischs und falteten vorsorglich die Hände. Die Mutter ging dem Vater drei Schritte entgegen, blieb stehn, runzelte die Stirn und sagte etwas auf französisch. Ach was, sagte der Vater und hauchte in die hohle Hand, nur ein paar Tröpfchen Abendmahlswein. – Er setzte sich, und statt das Tischgebet zu sprechen, sagte er mit seiner tiefen Stimme und auf hochdeutsch – er sprach nie Dialekt, wenn er gehoben sprach –: Es ist mir die traurige Kunde geworden, daß vor drei Tagen, am zweiundzwanzigsten Lenzing, der größte Dichter deutscher Zunge das Zeitliche gesegnet hat. – Er schwieg, und Heinrich, achtjährig, verstand nur Zunge und streckte sie deshalb heraus, wofür es zwar keine Ohrfeige gab, wohl aber

Tischverweis, begleitet von der Feststellung: Schade, nun muß die Kugel warten.

Ich sah, wie er leicht hinkend – sein linkes Bein war eine Spur kürzer als das rechte – an Brunnen und Waschhaus vorbei zum Hühnerstall zottelte, wo er sich zu verkriechen pflegte, wenn man ihn ausgestoßen hatte, und von wo er, was dem Vater recht geschah, ein paar Flöhe ins Pfarrhaus einschleppen würde, so wie er vor kurzem Läuse über die Familie gebracht hatte. Er setzte sich auf einen Stapel alter Ziegel und aß mit Tränen die aufgesparte zweite Hälfte des Examenbrötchens, das er zum Schulschluß am Vortag bekommen hatte. Vielleicht hätte er die paar Bissen den Hühnern verfüttert, wenn ihm bekannt gewesen wäre, daß er auch dieses Brötchen dem Vater verdankte, der ja nicht nur Vorsteher der Kirchenpflege, der Armenpflege, des Waisenamtes und der Viehversicherung war, sondern auch Schulpräsident – und als solcher in Urdorf den Brauch eingeführt hatte, den Schulkindern *Examenbrödchen* zu verabreichen, ein Brauch, den andere Gemeinden übernahmen und der sich allmählich auf die gesamte Eidgenossenschaft ausdehnte und vielerorts bis heute geübt wird – wer aber weiß heute noch, daß kein anderer als mein Ururgroßvater Hans Conrad Bluntschli das Examenbrötchen erfunden hat? – Jetzt bückte sich Heinrich und grub mit den Händen die kleine Blechschachtel aus, die er im lockeren Erdreich neben dem Ziegelstapel versteckt hatte, und ich sah, wie er sie öffnete und ihr die große, schwere, teils grünlich verfärbte, teils golden blitzende Münze entnahm, die er beim Mausen gefunden hatte und mit der sich keine der gängigen Münzen messen konnte – der Kreuzer nicht, der Halbe Taler nicht und nicht einmal das Vierzigbatzenstück. Für ihn war sie ein Schatz von grenzenlosem Wert, mit dem er, sobald er groß genug war, eine vierspännige Kutsche kaufen und samt der Mutter nach Amerika fahren würde, was seinem Vater recht geschah. Ins Jagdhörnchen, in das der Vater soeben geblasen hatte, um ihn zum Familienspaziergang aufzubieten, konnte er dann blasen, solange er wollte, und Heinrich vergrub den Schatz und kehrte ins Haus zurück, während ich es verließ, wir trafen uns im Treppenhaus. Er hatte noch nicht ausgeschluchzt, ich wischte ihm mit dem Handrücken eine Träne ab, treuherzig schaute er zu mir auf. – Wer bist du? fragte er. – Dein Ururenkel, sagte ich und trat durch die offene Hintertür hinaus in den Pfarrgarten, wo ich mir eine Zigarette anzündete und, an den Stamm eines toten Birnbaums gelehnt, rauchend auf das Erscheinen der Familie wartete.

Sie ließ sich Zeit, und als sie endlich erschien, war Vater Bluntschlis Haupthaar grau, sein Vollbart weiß und Heinrich ein Bursche von gut fünfzehn Jahren – ein Herrlein eher, herausgeputzt mit Sorgfalt und etwas steif im Unterschied zu seinem lässigeren Bruder Carl. Auch Mutter Margaretha war verändert, kaum merklich allerdings, ihre Züge, ohne schon scharf zu sein, hatten ein wenig an

Weichheit verloren, sie war jetzt vierzig, sie war zum Anbeißen reif. – Conrad, der Erstgeborene, fehlte. Der Tag war sonnig, aber schwül, August, und schon beim Heidenkeller, einer teilweise mit Reben bewachsenen Anhöhe nordöstlich des Dorfs, war eine Pause fällig, denn Vater Bluntschli keuchte, ließ es sich aber nicht nehmen, zum hundertsten Mal zu erwähnen, daß sich an dieser Stelle eine römische Niederlassung befunden habe, ein Gutshof vermutlich, daß die Erde voll von Gemäuer sei, von Ziegeln, Scherben, Münzen und so fort, daß ihn die Antiquarische Gesellschaft Zürich, die zwecks näherer Untersuchung der Stätte schon einmal angereist sei, als Sachverständigen beigezogen habe, weil er Lateinisch könne und mit der Römerzeit vertraut sei. Ob Heinrich nicht auch Lateinisch lernen wolle? – Hier stutzte ich, noch immer an den Birnbaumstamm gelehnt, und war etwas befremdet, denn im Bericht der Antiquarischen Gesellschaft, der mir bekannt war, las sich die Sache anders, nämlich so: *Nach Aussage verschiedener Bewohner des Dorfes sind zu verschiedenen Malen sowohl Ziegel mit Legionszeichen als auch Münzen daselbst gefunden worden, die ersteren wurden jedesmal dem Herrn Pfarrer gebracht, der nichts daraus entziffern konnte und sie zu Grunde gehen ließ; die letzteren verloren sich, da niemand Wert darauf legte.*

Ob Heinrich nicht auch Lateinisch lernen wolle, fragte der Vater erneut, ob er nicht aufs Gymnasium gehen und Pfarrer werden wolle? – Nein, sagte Heinrich. – Du willst wohl gar nichts werden, sagte der Vater. – Doch, sagte Heinrich. – Was denn? fragte der Vater, froh, daß der Sohn endlich eine Vorstellung zu haben schien. – Dorfmauser, sagte Heinrich, und da er den Stimmbruch hatte, geriet ihm das Wort teils hoch, teils tief, so daß Mutter und Bruder lachten, während der Vater nach Atem rang. Man begreift sein Entsetzen, wenn man weiß, daß Heinrichs Wunschberuf normalerweise für einen Halbdebilen reserviert war, und man begreift auch Heinrichs Berufswunsch, wenn man weiß, daß er beim Mausen auf dem Heidenkellerareal im Lauf der letzten Jahre noch weitere sechs Münzen sowie ein Kämmlein aus Bein gefunden und neben dem Stapel römischer Ziegel im Hühnerstall vergraben hatte.

Heinrich, sagte der Vater im Weitergehn, ein Bluntschli wird kein Mauser, aber gegen ein tüchtiges Handwerk habe ich nichts, mein Vater war Steinmetz, dein Bruder Conrad macht jetzt eine Gerberlehre, ich ehre den Schuster und den Schindelmacher, den Sattler und den Schmied, allein, ein tüchtiges Handwerk bedarf der tüchtigen Hand, und die hat Gott dir nicht gegeben, und daraus folgt, daß er anderes vorhat mit dir. Du hast einen geschwinden Kopf und ein empfängliches Gemüt, ich möchte, daß du das Gymnasium besuchst und an der neuen Universität von Zürich Theologie studierst, vorausgesetzt, daß Doktor David Strauß, der unseren Heiland für ein Fabelwesen hält und unser Christentum für einen abgedorrten Baum, nicht doch noch auf den Lehrstuhl Zwinglis steigt – gehoben und geschoben von unseren radikalen Pappenheimern, ich kenne sie, und unser Onkel, Herr Großrat und Professor Bluntschli, kennt sie auch und steht auf unserer Seite. Im übrigen habe ich mit ihm und seinem Vater, dem wackeren Seifenfabrikanten, schon gesprochen, deinetwegen, sie sind bereit, dir Unterkunft und Zehrung in ihrem schönen Stadthaus am Ufer der Limmat zu bieten, was meinst du dazu? – Ich möchte lieber nicht, sagte Heinrich ohne Trotz. – Sein Sätzchen kam mir bekannt vor, ich hatte es schon irgendwo gelesen, wo nur, ich liebe es, es ist ein Sätzchen, das jede Zumutung der Welt verstummen lassen müßte, doch Vater Bluntschli vertrat die Welt und schrie: Du fauler Knecht, der sein Talent vergräbt! Da, da hinein gehörst du, und zwar so lange, bis du Vernunft annimmst! – Er zeigte zitternd auf die Trülle, bei der man eben angekommen war – ein mannshoher hölzerner Käfig, in dem schon ungezählte Sünder bescheidenen Kalibers zur Schau gestellt worden waren, Randalierer und Kartoffeldiebe, Holzfrevler, Ehebrecherinnen und so weiter. Wer in die Trülle mußte, entschied die Kirchenpflege und der Pfarrer, auch Pfarrer Bluntschli, der sie, die Trülle, nach seinem Amtsantritt sogar erneuern ließ und mit heiligem Eifer für ihre Auslastung sorgte, bis zu dem Tag zumindest, da sich die blühende Jungfer Barbara Lips – sie glaubte schwanger zu sein – aus irrer

Angst vor der Trülle im Brei der Urdorfer Gerbergrube ertränkte. Die Sektion ergab, daß sie nicht schwanger war, und Pfarrer Bluntschli gewährte ihr ein christliches Begräbnis und wurde vom Falken zur Taube – war aber jetzt und angesichts des Sohnes, der nichts Gescheites werden wollte und mit eingezogenen Schultern vor ihm stand, wieder drakonisch gestimmt. Da sagte Mutter Margaretha, die in Erziehungsfragen im Lauf der Jahre still geworden war: Der Heinrich ist kein liederlicher Vogel, er findet seinen Weg, und dafür lege ich die Hand ins Feuer. – Mit mahlenden Kiefern starrte der Vater in Richtung Uetliberg, über dem Gewitterwolken aufzogen, Carl kratzte mit dem Fingernagel etwas Farbe von einem Gitterstab ab, und Heinrich, sichtlich gelöst, schaute versonnen auf den seidenen Sonnenschirm, der das Gesicht der Mutter beschattete. – Will's Gott, sagte der Vater in die Stille hinein, daß du sie nicht verbrennst, die Hand. – Die Mutter lächelte Heinrich zu, und Heinrich sagte: Etwas mit Seide wäre schön. – Was sagst du? fragte der Vater. – Ich meine, einen Beruf, der mit Seide zu tun hat, möcht ich schon lernen. – Hm, sagte der Vater, ein Schneider mit zwei linken Händen ist besser als ein Vagabund. – Nein, nein, sagte Heinrich, ich will nicht Schneider werden, ich möchte mit Seide – handeln. – Aha, sagte der Vater, das läßt sich hören, rechnen tust du ja gern, und ein Kaufmann kann es zu Artigem bringen und Weib und Kind wohl nähren, ich überlege mir die Sache, versprochen ist freilich noch nichts, ich sehe dich als Pfarrer, kommt.

Da es zu tröpfeln begann, begab ich mich vom Garten zurück ins Pfarrhaus und machte mich auf der Treppe durch künstliches Husten bemerkbar. Der junge Pfarrer, noch immer nicht ganz zu Ende geschoren, kam mit Haarbüscheln auf dem Kragen aus dem Badezimmer. Ich dankte ihm dafür, daß ich Haus und Garten meines Vorfahren hatte besichtigen dürfen, und fragte ihn, ob er vielleicht noch irgendwelches Material zur Geschichte der hiesigen Pfarrei besitze. Ja, sagte er und war so nett, danach zu suchen, ich wartete im Treppenhaus, wartete auch auf die Rückkehr der Ahnen, sah aber nichts, hörte nichts und spürte keinen Luftzug.

Durch den Regen eilte ich in die *Sonne*, und in der *Sonne*, dem mächtigsten Urdorfer Haus und Gasthaus, trank ich Kaffee und blätterte in den Blättern, die mir der Pfarrer überlassen hatte. Eines davon gewährte mir das, was auch Heinrich, wie ich hoffe, eines Tages gewährt worden war, nämlich Einblick in den Inhalt des Turmknopfs. Von einigen Dokumenten, die darin aufbewahrt wurden und werden, fanden sich Abschriften auf dem Blatt, und die merkwürdigste las ich dreimal. *Der Thurn samt der Kirchen zu Ober Uhrdorff ward erneuwert im Jahr von Erschaffung der Welt 5643, von der gnadenreichen Geburt Jesu Christi 1683, in welchem Jahr Muhamed der IVte, groß Türkischer Soldan, der orientalische Antichrist, widerum mit 240 000 Mann angezogen.* – Ich konnte mir vorstellen, welch tiefen Eindruck die Verlesung dieses Dokuments auf Heinrich gemacht haben mußte, wie gebannt er an den erläuternden Lippen des Vaters hing. Schlagartig wird er das Kirchlein mit anderen, größeren Augen angeschaut haben, schien es doch so kostbar zu sein, daß ein teuflischer Sultan aus dem Orient einst die Hand danach ausgestreckt hatte. In der Tat war ja das Turmknopfdokument so abgefaßt, als stünden die türkischen Truppen wenn nicht bereits vor Urdorf, so doch zumindest an der Landesgrenze, obwohl sie sich doch, wie man weiß, im fraglichen Jahr 1683 eher für Wien interessierten, das sie, wie man weiß, im fraglichen Jahr mit erfolgloser Ausdauer belagerten. Für die Schweiz aber schien dies kein Grund gewesen zu sein, sich nicht bedroht fühlen zu dürfen, sie hat sich ja, dachte ich, während ich meinen Kaffee austrank, schon immer und bis auf den heutigen Tag als etwas Bedrohtes verstanden, und nichts konnte und kann sie heftiger kränken als die Behauptung, niemand bedrohe sie, aber eigentlich bin ich es leid, dachte ich, mich mit dem nationalen Triebschicksal herumzuschlagen, ich lebe nur einmal, das Nötigste ist mir bekannt, ich weiß, daß jeder Lebensäußerung in meinem Land etwas Abwehrschreiartiges anhaftet, sogar dem Volksgesang, Fräulein, ich zahle.

5

Im blauen Heft, das mir meine Großmutter hinterlassen hat, lese ich Folgendes: *Auf Wunsch des Vaters studierte Heinrich Theologie. Er muß damals schon ein Querkopf gewesen sein, denn kaum hatte er sein Studium beendet, erklärte er seinem Vater, daß er nie und nimmer die Verantwortung eines Geistlichen und Seelsorgers übernehmen könne.*

Im langen Brief, den Charles, Heinrichs ältester Sohn aus ägyptischer Ehe, an meine Großmutter geschrieben hat, lese ich: *Mein Vater studierte in Zürich Theologie und begab sich anschließend nach Paris, wo er als Pfarrer amtete. Er ist immer ein frommer Mann gewesen und hat in Alexandria oft den deutschen Pfarrer vertreten und die Sonntagspredigt gehalten zur Freude der Kirchgänger.*

Vergleicht man diese zwei Berichte miteinander, sieht man zwar Unterschiede, allein die Kernaussagen stimmen überein: Der Alte hat sich durchgesetzt, die Theologie über die Seide gesiegt. Vergleicht man die beiden Berichte mit dem, was sich wirklich begab und was diverse Akten bezeugen, stellt sich Verwunderung ein. Ich rapportiere:

Im Jahr achtzehnhundertundvierzig hält sich der sechzehnjährige Heinrich im aargauischen Bremgarten auf, wo er vermutlich eine Handelslehre beginnt, die ihm vermutlich nicht zusagt. Er möchte nun doch lieber Pfarrer werden, was seinen Vater freut, obwohl ihn der Sinneswandel des Sohns dazu zwingt, tief in die Schatulle zu greifen: Heinrich kommt nach Erlenbach am Zürichsee und wird an einem Institut geschult und gründlich vorbereitet aufs Obere Gymnasium von Zürich, in dessen erste Klasse er im Oktober zweiundvierzig eintritt. Die Klassenliste verzeichnet einunddreißig Schüler, und Heinrich ist die Nummer einunddreißig. Als sein *Protector* wird *H. Bluntschli in der Schipfe* aufgeführt – Heinrichs entfernter Onkel, der Seifenfabrikant und alte Vater des Rechtsprofessors und Magistraten J. C. Bluntschli –, und ganz am Rand des Blattes steht neben Nummer einunddreißig: *Ausgetreten Mitte Januar 1843.*

Nun gut und immerhin: Vier Monate Gymnasium. – Vielleicht war er ja hochbegabt, vielleicht hat ihm der einflußreiche Onkel ein Hintertürchen zur Uni geöffnet. Man müßte sich erkundigen. – Antwort der Dokumentationsstelle für Universitätsgeschichte: *Laut Matrikelbuch hat in den Jahren zwischen 1840 und 1845 kein Bluntschli in Zürich Theologie studiert.*

Nun gut, dann eben nicht, du Querkopf, aber was dann? – Am zweiten Mai dreiundvierzig stirbt Heinrichs Vater im siebzigsten Lebensjahr. Sein Tod wird vermerkt auf Seite 928 des *Tauf- Ehen- und Todten-Buchs* der Evangelischen Kirchgemeinde Urdorf-Dietikon – im gleichen dicken

Buch, in dem er selbst während dreier Jahrzehnte unzählige Tode in schwungvoller Handschrift vermerkte, im gleichen Buch auch, in dem er einst – auf Seite 29 – Heinrichs Namen samt Geburts- und Taufdatum eintrug.

Alles ist Heinrich ihm schuldig geblieben, er steht als Versager am Grab und glaubt womöglich, der Vater sei aus Gram und Scham gestorben und nicht an Leberschrumpfung. – Umso emsiger legt er in den kommenden Wochen Hand an beim Räumen des riesigen Pfarrhauses, aber irgendwann ist die Arbeit erledigt, und er steht mit der Mutter im leeren, hallenden Studierzimmer des Vaters und hört die fällige Frage: Wie weiter? – Er starrt auf das helle Viereck an der Wand, wo einunddreißig Jahre lang das eingerahmte Bibelwort gehangen hat: Der Herr hat's gegeben, der Herr hat's genommen; der Name des Herrn sei gelobt! – Er zuckt die Schultern. Aber die Antwort kommt noch, bevor sie das Haus für immer verlassen: Der Postbote, der zweimal wöchentlich von Urdorf nach Zürich und zurück marschiert, bringt eine Depesche. Er habe, schreibt Professor Bluntschli an die Witwe, er habe mit dem Richterswiler Fabrikanten Johannes Hürlimann-Landis, mit dem er auf vertrautem Fuße stehe, in Sachen Heinrich gesprochen; er, Hürlimann, sei bereit, den Jüngling aufzunehmen ins Kontor seiner Kattundruckerei und ihn zum tüchtigen Kaufmann zu machen. Er, Bluntschli, hege keine Zweifel, *daß wir in einer nicht allzu fernen Zukunft mit Freude werden constatiren dürfen: aus dem gährenden Moste ward ein gelungener Wein.*

Nun gut, Kattun ist nicht Seide, aber Hürlimann ein Begriff und Heinrich willig. Dem toten Vater fühlt er sich verpflichteter als dem lebendigen, und die Tränen der Mutter, die allein ins Nachbardorf zieht, bewirken Entschlußkraft. Im Sommer dreiundvierzig erreicht er zu Schiff Richterswil am südlichen oberen Zürichseeufer, wo er drei Jahre lang bleibt und reift und sich mit dem Baumwollhandel vertraut macht und mit der Bäkkerstochter Elisabetha Schmid, mollig und blondgezopft, die ihm von Zeit zu Zeit ein Brötchen schenkt und einen aufwühlenden Blick.

6

Daß es mir gelungen war, Heinrichs letzte Ruhestätte in Kairo und sogar ein mögliches Fragment seines Grabsteins zu finden, beflügelte mich und ließ mich den Umstand verschmerzen, daß auf der Schweizer Botschaft so gut wie nichts über ihn hatte ausfindig gemacht werden können. Damit war ohnehin zu rechnen gewesen, schließlich wußte ich ja, daß es zu Heinrichs Zeiten in Ägypten noch keine diplomatische Vertretung der Eidgenossenschaft gegeben hatte, die seine Existenz und seine Tätigkeiten hätte registrieren können. Dies besorgte das Österreichische Generalkonsulat, denn Heinrich hatte, anders als die meisten seiner Landsleute, zuerst nicht Frankreich, sondern Österreich als Schutzmacht gewählt und war deshalb ein sogenannter *fremder Untertan Seiner k. k. Apostolischen Majestät*, was ihn, nebenbei, sowohl dem einheimischen osmanischen Gesetz als auch, zum Glück für ihn, der Schweizer Justiz entzog. – Allein, ein Dossier Bluntschli, nach dem ich mich noch vor meiner Reise nach Kairo beim österreichischen Bundesamt für auswärtige Angelegenheiten und beim österreichischen Haus-, Hof- und Staatsarchiv erkundigt hatte, ein Dossier, das Heinrichs Existenz und Tätigkeiten hätte belegen können, fand sich weder in den Verzeichnissen der

k. k. Internuntiatur Konstantinopel – *leider sind die Bestände unvollständig* – noch in sonstigen Konsularakten – *leider nur fragmentarisch überliefert* –, es wurde alles mit Sorgfalt und Entgegenkommen, wenn auch eben und *leider mit einem für Ihre Fragestellung negativen Erfolg* überprüft.

Aber ich war jetzt, wie gesagt, beflügelt, und zwar trotz einiger Flohbisse im Leistenbereich, die mir die Zuversicht nicht rauben konnten, daß ich alles Nötige dort finden würde, wo die Spuren der Wirksamkeit eines Mannes, der im ägyptischen Staatsdienst gestanden hatte, mit Sicherheit aufbewahrt wurden: im Nationalarchiv. – Ob und wie man dort hineingelange, hatte ich den Schweizer Konsul anläßlich meines Besuches auf der Botschaft zu fragen vergessen, ich rief ihn vom Hotel aus an, und er verwies mich an Frau R., die örtliche Vertreterin einer Schweizer Kulturstiftung. – Das ebenerdige Büro befand und befindet sich in einem niederen, hinter der Schweizer Botschaft versteckten Bau, und auf dem Rasen davor spielte ein Hündchen mit einem Tennisball, und Frau R. empfing mich nicht freundlich, sondern herzlich.

Das Nationalarchiv schien ein Bollwerk zu sein. Um eingelassen zu werden, bedurfte es, wie Frau R. ausführte, eines Empfehlungsschreibens samt Angabe der Forschungsabsicht, und dieses Schreiben mußte nicht der Leitung des Archivs zur Prüfung vorgelegt werden, sondern der ägyptischen Sicherheitspolizei, die sich im günstigsten Fall einen Monat Zeit ließ, ehe sie abschlägigen oder zustimmenden Bescheid erteilte. So lange konnte ich nicht warten, und ich erkundigte mich nach Möglichkeiten, den Dienstweg abzukürzen. Es gab sie. Kannte man einen Bekannten, der einen Bekannten kannte, der im Archiv arbeitete oder zumindest einen Bekannten kannte, der dies tat, so durfte man schon fast getrost sein. Ich durfte es.

Es wurde in kurzer Zeit ein junger Ägypter gefunden, der sich, aufgrund einer sogar verwandtschaftlichen Beziehung zu einem Mitarbeiter, frei im Archiv bewegen konnte und der bereit war, mich als mein Lotse, Fürsprecher und Übersetzer ins Bollwerk zu geleiten. Zwei Tage nach meinem Besuch bei Frau R. standen wir bereits vor dem titanischen Gebäude in Kairo-Boulaq, in dem außer dem Nationalarchiv auch das Kulturministerium und die Nationalbibliothek untergebracht sind, und in meiner Jackentasche knisterte ein ansehnliches, auf arabisch verfaßtes Empfehlungsschreiben mit Briefkopf und Stempel der Schweizer Kulturstiftung. Leider sprach mein Begleiter ein so bizarres Englisch, daß ich ihn kaum verstand, weshalb er mich fragte, ob ich nicht Englisch könne. Sonst aber war er nett, und er sorgte dafür, daß uns die bewaffneten Außenposten nicht behelligten. Der erste Innenposten rechts nach dem Eingangsportal bestand aus einem Pult und zwei Mann, die mir den Paß abnahmen. Ich erinnere mich an ein Gefühl der Nacktheit.

Die Korridore, durch die wir jetzt gingen, wirkten so, als wären in ihnen soeben die Schreie von

Gefolterten verhallt. Am Fuß der ins Obergeschoß führenden Treppe saßen hinter einem Metalltisch zwei weitere Wächter. Beide lasen das Empfehlungsschreiben, beide gaben sich unbeeindruckt, obwohl darin die Wichtigkeit der kulturellen Interaktion zwischen der Schweiz und Ägypten hervorgehoben wurde, aber die Hauptsache war, daß sich die Wächter nach längerer Beratschlagung dazu entschlossen, den Weg nach oben, wo die entscheidenden Instanzen residierten, freizugeben. Heinrich, ich komme! rief ich innerlich, und schon öffnete sich uns die entscheidende Tür, und wir traten in einen leeren Raum, in dem nichts weiter als ein fast leerer Schreibtisch stand, an dem ein rundlicher Mann mit Brille saß. Die Begrüßung war knapp, und der Mann sprach, ich merkte es schnell, nur Arabisch und also nur mit meinem Begleiter. Er überflog das Empfehlungsschreiben, sprach nochmals mit meinem Begleiter, nahm einen Schluck Tee und machte dann die gleiche Handbewegung, die ich an Kairos Verkehrspolizisten schon hatte beobachten können. Sie bestand in einem Schwirren der Finger und bedeutete soviel wie hopp hopp. – Ich war also abgewiesen, ich war verjagt. – Draußen auf dem Flur fragte ich meinen Führer, ob wir es mit dem Direktor des Archivs zu tun gehabt hätten. Ich verstand seine Antwort nicht, verstand nur das Wort *security police* und schloß daraus, daß die *security police* halt doch nicht zu umgehen war, sie schien die Sphinx zu sein, die die Verliese bewachte, in denen Heinrichs Spuren ruhten. Natürlich war ich enttäuscht, aber ich sagte mir auch, daß ich nun umso mehr Zeit haben würde, um die Orte aufzusuchen, wo mein Ururgroßvater wohnhaft und wirksam gewesen war, bevor er, schon recht bejahrt, nach Kairo übersiedelte.

Wir waren schon auf dem Rückzug, als mein Begleiter – er schien geknickter als ich – auf einen Bekannten traf, von dem er offenbar den Rat bekam, mich noch vor eine andere Instanz zu führen. Nach einem längeren Marsch durch kalte, staubige Gänge erreichten wir sie. Sie saß in einem riesigen Raum, dessen eine Hälfte mit Abertausenden von alten Büchern angefüllt war, die aber nicht in Regalen standen, sondern vom Boden bis zur Decke gestapelt aufeinanderlagen. Die andere Hälfte war leer bis auf ein Pult, an dem ein älterer Mann Tee trank, und zwei Stühle davor, auf denen der Mann uns freundlich Platz nehmen hieß. Er sprach Französisch, fließend, und interessierte sich sowohl für das Empfehlungsschreiben als auch für das Blatt, auf dem ich, soweit ich es rekonstruieren konnte, notiert hatte, wann, wo und in welcher Funktion der ägyptische Heinrich tätig gewesen war – Angaben, die eine gezielte Suche nach Dokumenten möglich machen sollten. – Ihr Vorfahre, sagte der Mann, hat als europäischer Beamter unter den Khediven Said Pascha und dann Ismail Pascha gedient. Was wissen Sie über die beiden? – Ich war über diese Frage und mehr noch über den Umstand, daß es hier möglicherweise um eine Art Zulassungsprüfung ging, so verwundert, ja bestürzt, daß ich nur stotternd antworten konnte. Ich sagte, es sei mir bekannt, daß Said in seiner Jugend Reitunterricht bei Ferdinand de Lesseps genossen habe, der damals noch französischer Vizekonsul in Ägypten gewesen sei, und daß er diesem auch später, nach der Thronbesteigung, große Anhänglichkeit bewiesen und sein Projekt des Suezkanalbaus unterstützt und gefördert habe. – Gut, sagte der Examinator, wissen Sie auch etwas über Said Paschas Leibesbeschaffenheit? – Leider nein, sagte ich. – Er war ein Vielfraß und gegen zweihundert Kilogramm schwer, aber kommen wir zu Ismail Pascha, was wissen Sie über ihn? – Ich glaube, sagte ich, daß er einen struppigen roten Bart hatte und ... – Das genügt, sagte der Bibliothekar oder Archivar, nahm ein leeres Blatt Papier und beschrieb es arabisch und in Windeseile. Er überreichte es mir, sagte, es handle sich um die Abschrift meiner Angaben über Henri Bluntschli zu Handen des zuständigen Personals, und erklärte mich, aufstehend und mir die Hand schüttelnd, für ab sofort zugelassen, aufgenommen und zur Forschung im Archiv berechtigt.

Ohne Verzug führte mich mein Begleiter in den Lesesaal. Heinrich, ich komme! – Der Lesesaal war eine Art Fabrikhalle mit Steinboden und hellgrünlichen Betonwänden. Rostrote Heizungsröhren krochen der Decke entlang, und durch zwei kleinmaschig vergitterte Fensterfronten drang Zugluft und das Tosen des Verkehrs. Ich dachte an

Umkehr. Das Mobiliar bestand aus einem Dutzend Metalltischen und aus Metallstühlen. Ich zählte drei Benutzer und fünf Angestellte, weibliche und männliche, die an Metallpulten saßen. Es zeigte sich, daß eine Frau mit einem Säugling auf dem Arm am meisten Kompetenzen hatte, jedenfalls wandte sich mein Betreuer an sie, sprach mit ihr, gab ihr das Blatt. Sie zog die anderen Angestellten bei, es wurde debattiert, mein Betreuer versuchte einiges für mich zu übersetzen, doch ich verstand ihn nicht. Keiner und keine der Angestellten sprach eine Fremdsprache, und ich erklärte dem Betreuer, es sei vielleicht am einfachsten, wenn man mit Bluntschlis letzter Periode beginne, während der er Vizedirektor eines Büros im Ministerium für öffentliche Arbeiten in Kairo war – zirka ab achtzehnachtundsiebzig. Es war unklar, ob er mich verstand, aber wenigstens behandelte er mich nach wie vor sehr freundlich, was man vom Personal nicht sagen konnte, und er begleitete mich zu einem der Tische und sagte: Wait.

Ich wartete und fror. Nach fünf Minuten setzte ich mich an einen anderen Tisch, wo es weniger zog, wechselte aber gleich wieder an den alten, da mir das erneute Anwärmen des eisigen Stuhls noch unlieber war als die Zugluft. Den Tod würde ich mir so oder so holen. Allerdings hatte ich dies auch schon im tiefen Keller des Schweizerischen Bundesarchivs in Bern befürchtet, ohne daß es geschehen war, es hatte sich sogar gelohnt, das Frieren, weil ich in ein paar Sitzungsprotokollen des

Bundesrats auf Heinrichs Namen gestoßen war. Ich hoffte auf Ähnliches hier, wartete weiter und zählte die Neonröhren an der Decke. Es waren sechsunddreißig, wovon vierzehn defekt. An die Beleuchtung im Lesesaal des heimischen Bundesarchivs konnte ich mich nicht mehr erinnern, nur an den Spannteppich und an die gepolsterten Stühle.

Nach einer guten Stunde, es ging gegen Mittag, schlurfte eine alte Frau in einem blauen, bodenlangen Gewand herein, die zwei Schachteln auf ihrem Kopf trug, und diese Schachteln waren für mich. Zu meiner Überraschung handelte es sich um nichts Falsches, sondern um Dokumente des *Ministère des Travaux Publics* aus der richtigen Zeit, alle in Französisch abgefaßt, und ich begann sofort mit der Durchsicht der Papiere – vorwiegend amtliche Korrespondenz –, fand aber während der zweistündigen Suche nicht die geringste Spur. Ich fror. Ich brachte die Schachteln nach vorn und wollte um weitere Bestände bitten, doch war jetzt anstelle der Frau mit Säugling eine ältere Dame mit weißem Kopftuch und schwarzen Zähnen zuständig, die nicht wußte, worum es ging, und mit der ich mich nicht verständigen konnte. Das Blatt, das hätte weiterhelfen können, war verschwunden, mein Lotse auch. Mit Blicken klagte ich den Angestellten, die mich schon kannten, meine Not, sie regten sich nicht, und ihre Mienen verrieten eine Teilnahmslosigkeit, die ich nur markdurchdringend nennen kann.

Im Flur vertrat ich mir die starren Beine, und auf der Toilette rauchte ich. Benutzen konnte ich sie nicht, sie war verstopft. Niemand ließ sich zur Tätigkeit verleiten – von einem Notstand nicht und nicht von einem Übelstand. Allah wird es schon schaukeln: Im Herzen, im Kopf sogar bewunderte ich diese Haltung, im Hinblick auf mein Forschungsziel sowie im Angesicht der WC-Schüssel hatte ich Bedenken.

Als ich zurückkam in den Lesesaal, waren sowohl die Frau mit Säugling wie auch mein Betreuer wieder anwesend, was ich als gutes Zeichen nahm, und tatsächlich wurden nach einer weiteren Wartestunde fünf mächtige Folianten an meinen Metalltisch geschleppt, die ich hungrig empfing. – Alle, alle waren angefüllt mit Zahlenkolonnen und sonst mit nichts. Vielleicht handelte es sich um die Auflistung der unerhörten Summen, die Europas Banken dem Vizekönig Ismail Pascha von Herzen gern geliehen hatten, bis sie dann merkten, daß Ägypten vor dem Staatsbankrott stand, worauf ihre Regierungen vom türkischen Sultan in Konstantinopel die Absetzung seines verschwenderischen Statthalters Ismail forderten, was auch geschah, obwohl ihm Heinrich – wie sehr viel später sein Sohn Charles an meine Großmutter schrieb – *noch dabei behilflich gewesen war, einen Teil seiner Besitztümer zu verkaufen, damit er wieder flüssig werde.*

Daß zu den veräußerten Besitztümern auch die Salzwerke bei Suez gehörten, deren Direktor

Heinrich Bluntschli hieß – sie wurden an die englische Gesellschaft *Suez-Port Said Soda and Salt Co. Ltd.* verscherbelt –, deutet darauf hin, daß Ismail noch andere Helfer und Berater hatte als Heinrich Bluntschli, für den dieser Deal den Verlust seines Postens und die Versetzung nach Kairo bedeutete. – Trotz alledem wurde der Vizekönig nicht flüssig genug und abgesetzt und ins Exil nach Neapel geschickt, und trotz alledem hielt ihm Heinrich die Treue: Unter denen, die am Morgen des dreißigsten Juni neunundsiebzig in Kairo Abschied von Ismail nahmen, soll sich, nebst einer Schar von schwarzgekleideten und heulenden Haremsdamen, auch *er* befunden haben, doch in den Folianten, die vor mir lagen, kam er nicht vor.

7

Obwohl ich gesehen hatte, auf welche Weise sie getötet wurden, bestellte ich im Restaurant *Felfela*, dessen ägyptische Küche in jedem Reisehandbuch lobend erwähnt wird, zwei Täubchen, gegrillt, denn nach dem Schreckenstag im Nationalarchiv glaubte ich mir etwas Besonderes gönnen zu dürfen – auch eine Flasche *Rosé Rubis d'Egypte, Cabernet Sauvignon*. Das Lokal war voll von Touristengruppen, auf deren Programm ja gewöhnlich auch der fakultative Besuch eines unverfälscht einheimischen Lokals steht, und da die bedienenden Männer in ihren weißen Gewändern ein Motiv abgaben, blitzte von Zeit zu Zeit ein Blitzlicht. Auf den Tischen lagen Kärtchen mit dem Aufdruck OUR GOAL IS TOTAL CUSTOMER SATISFACTION, und man konnte darauf ankreuzen, ob man die genossenen Speisen und Getränke als GOOD, als AVERAGE oder als BELOW AVERAGE empfand. In meiner Nähe plätscherte ein kleiner Wasserfall über moosigen Fels in eine Steinwanne, ich mußte während der langen Wartezeit – die Gruppen hatten wie immer Vorrang – zweimal die Toilette aufsuchen, wahrscheinlich war die Blase im Nationalarchiv geschädigt worden. Endlich kam wenigstens der Wein. Ich hatte anderswo schon anderen aus inländischem Anbau gekostet und hätte es wissen müssen. Aber wie soll der Mensch überleben, wenn er nicht fähig ist, der Welt nach jeder Enttäuschung noch einmal eine Chance zu geben, auch wenn er wieder und wieder nur Essig bekommt? Ich bestellte ein Bier und fragte schüchtern nach den Täubchen. Der Kellner tat, als sei mein Wunsch nach Täubchen eine Neuigkeit, und vergaß darüber das Bier. Wie förderlich, rief ich mir zu, ist für uns Abendländer die Schule der Gelassenheit und der Geduld! – Kurz danach wurde ein Fladenbrot aufgetischt, das ich gierig empfing, und dann erschienen die Täubchen. Sie waren schwärzlich, knochenhart und praktisch fleischlos. Ich klopfte mit Messer und Gabel daran, als ob ich Einlaß begehrte, vergeblich, ich hielt mich ans Fladenbrot.

Auf dem Weg zum Hotel hörte ich wie üblich manch freundliches Hello und Welcome. Konnte man die zweite Stufe, nämlich den Handschlag, nicht vermeiden, so war man schon fast geliefert. Man wurde nach dem Herkunftsland gefragt, und immer erfuhr man, daß einem der Fragende viel näher stand, als man es ahnen konnte, denn er sprach – in meinem Fall – nicht nur vereinzelte Brocken Schweizerdeutsch, sondern war in der Schweiz sogar schon gewesen, und da man sich dort verpaßt hatte, mußte die Freundschaft jetzt nachgeholt und mit Pfefferminztee besiegelt werden. Geschäftliche Interessen bestanden nicht, und zum Beweis dafür wurde man vor Schleppern und Neppern gewarnt. In diesem Stadium glaubte man die Einladung nicht mehr ablehnen zu können, ohne das fremdenfreundliche Gegenüber grob zu verletzen. Man ging also mit. Ich ging also mit, und der Gastgeber führte mich durch ein paar Gassen und in den oberen Stock seines Parfümgeschäfts, wo ich in einem dunkelroten Plüschdivan versank und sofort bewirtet wurde. Man sprach vertraulich über dies und das, ich erzählte sogar von Heinrich und gab meine berufliche Tätigkeit preis, worauf mich der Gastgeber fragte, ob ich mit Patrick Süskind bekannt sei. – Nein, sagte ich. – Aber ich, sagte er, Patrick ist mein Freund und Kunde und hat oft da gesessen, wo du jetzt sitzt, und das meiste in Sachen Parfüm hat er von mir gelernt. – Der Orient muß die Wiege der Dichtkunst sein, dachte ich und glaubte kein Wort. Erst nach Verlauf eines Stündchens, als einer der Angestellten still ein paar Parfümphiolen auftrug, kam ich hinter den Sinn des Geflunkers: Süskind als Referenz und Kaufanreiz. Wenn sich mein weltberühmter Kollege an diesem Ort mit Parfümessenzen eingedeckt hatte, dann würde ich mich nicht lumpen lassen wollen und zweifellos ein Gleiches tun und einen Parfümkauf, zumindest unbewußt, als nötigen Schritt in Richtung Weltruhm empfinden. – Ich gab zu verstehen, daß ich an Parfüm nicht interessiert sei und keine Verwendung dafür sähe. – Ob ich denn keine Frau oder Freundin hätte, wurde ich in einem Ton gefragt, der mich schon fast entmannte. – Doch, sagte ich wahrheitsgemäß. – Ob mich das Geld reue, ihr etwas Exklusives aus Ägypten mitzubringen? – Nein, sagte ich wahrheitsgemäß, aber Parfüm benutze sie kaum. – Das exklusive werde sie benutzen, vor allem, wenn sie dessen Wirkung auf mich spüre, sagte man augenzwinkernd, bemächtigte sich meiner Hand, betupfte deren Rücken mit einem ersten Muster, verrieb es feierlich und hieß mich riechen. Fatalerweise roch ich und äußerte mich positiv. Die Degustation nahm ihren Lauf. Die Uhrzeiger krochen gegen Mitternacht, die Duftmarken über den Handrücken hinaus und unterarmaufwärts. Man hielt mich für betört, obwohl ich nur willenlos war, nur müde, so müde, daß mir der Kaufabschluß nicht mehr erinnerlich ist – im Unterschied zu den entsetzten Augen meiner Freundin, die sich für immer versorgt sah.

Im Hotel wollte ich die Treppe benutzen, aber ein Angestellter riß noch rechtzeitig die Tür zum Lift auf und brachte mich persönlich nach oben. Der alte Schindler-Aufzug, solides Schweizer Produkt, war sogleich von Düften geschwängert. – Did you have a happy evening? fragte der Angestellte. – Below average, sagte ich wahrheitsgemäß, gab ihm nach der Ankunft sein Trinkgeld und ging meinem Zimmer entgegen. Der Etagenkellner, der an einem Tischchen geschlummert hatte, war aufgewacht und eilte mir nach. Er nahm mir freundlich den Schlüssel ab und öffnete die Zimmertür für mich. Ich gab ihm ein Trinkgeld und bat ihn, mir ein Cola zu bringen. Da ich ihn, als er es brachte, nicht nochmals belohnte, blieb er im Zimmer stehen und schaute sich nach weiteren Möglichkeiten der Dienstleistung um. Er entdeckte etwas Asche neben dem Aschenbecher, die er mit einem Blättchen WC-Papier, das er aus seiner Hosentasche nahm, sorgfältig auf den Handteller wischte und vom Handteller in den Papierkorb blies. Ich steckte ihm, zum Teil aus Ungeduld, zum Teil aus Rührung, ein Nötchen zu und griff, als er gegangen war, zur Whiskyflasche im Kleiderschrank. Ich setzte mich mit ihr aufs Bett, um nachzudenken, kam aber nicht weit, nicht weiter als bis zur Einsicht, daß der verflossene Tag mir alles Erstrebte vorenthalten hatte. Kein Zeichen von Heinrich, keine Täubchen, einzig sechs ungewollte Flaschen Parfüm, die Bilanz war vernichtend.

Die deutsche Sprache hat auch schöne Wörter, dachte ich beim Zähneputzen, *Fehlschlag* ist eines davon. – Und wie jeden Abend las ich vor dem Schlafen das kleine Plakat, das an der Innenseite der Toilettentür hing und auf dem mehrsprachig beschrieben war, was im Fall eines Feuerausbruchs zu tun sei. Ich las es nicht aus Ängstlichkeit, sondern weil mich die Poesie der deutschen Fassung immer aufs neue entzückte. – *Telefonisch alarm goben und dem Amt für Feuerstille unittelen oder die schiebe des nachgelegensten Feuermelders, der sich auf dem Flus befiudint eindrucken, wodurch sie ein läutes Lauten horen.* – Das einzig Störende an diesem belebend von der Norm abweichenden Text war die mit Rotstift vorgenommene Kenntlichmachung der Fehler. Irgendwann mußte in meinem Zimmer ein Schweizer Lehrer logiert haben, auf jeden Fall ein Landsmann, ein normaler, ich hatte Verständnis für Heinrichs Flucht nach Ägypten und legte mich zu Bett und wurde in den Schlaf begleitet von den zwei schönen Wörtern Fehlschlag und Feuerstille.

Anderentags zog ich mich so warm wie möglich an, um im Archiv nicht nochmals frieren zu müssen, doch diese Vorkehrung erwies sich in zweierlei Hinsicht als unnütz. Es wehte ein heißer Wüstenwind, und zweitens wurde mir der Einlaß ins Archiv schon vom ersten Posten verwehrt. Das Empfehlungsschreiben lag irgendwo im Inneren des Bollwerks, und das Blatt des Archivars oder Bibliothekars, der mich zur Forschung ermächtigt hatte, enthielt ja nur ein paar arabisch geschriebene Angaben zu Heinrich, die den zwei Wächtern – es waren andere als am Vortag – belanglos schienen. Ich konnte mich nur, da mir der Name meines Gönners entfallen war, auf eine unnennbare Macht berufen, was niemandem Beine machte. Äußerlich blieb ich beherrscht und behielt die Drohung für mich, daß ich in Bälde wiederkehren würde mit ein paar Stangen Dynamit.

Im Ägyptischen Museum, errichtet in Heinrichs letzten Jahren und angefüllt mit ungeheuerlichen Schätzen, verlor ich den Ingrimm und pries den geschenkten Tag, auch wenn er mir zeigte, wie schwer es meinen Augen fiel, in Anbetracht der Überfülle achtsam und unverwandt genug auf Einzelnem zu ruhen. Als ich nach stundenlangem

Taumeln durch die Geschichte Ägyptens im Museumspark saß, gehoben und erschlagen zugleich, sah ich von allem Gesehenen nur noch den verdunkelten Raum vor mir, in dem elf Mumien in beleuchteten Glassärgen lagen. Ich sah mich von Sarg zu Sarg gehen, langsam, beklommen, aufs tiefste verwundert nicht nur über das vergeistigte Lehmgesicht von König Seti I. oder über das schwärzliche, etwas unwirsche von Ramses II., sondern vor allem darüber, daß hier elf Wesen nicht zerfallen waren und unser Staub-zu-Staub-Lied zu belächeln schienen. Ich sah mich zusammenzucken, als der Aufseher, weil ein Besucherpaar sich etwas zugeflüstert hatte, *silence please*! brüllte, und ich sah mich verweilen vor Pharao Thutmosis II. – 18te Dynastie –, dessen dreieinhalbtausendjährige Zehennägel, die annähernd so frisch wie die meinigen wirkten, mich am meisten berührten. Das Glänzende und Kolossale werde ich vergessen, dachte ich auf der Bank im Museumspark, die Nägel bleiben.

8

Im Unterschied zu Urdorf war Richterswil schon damals hablich, und unter hablich versteht man den Zustand eines wohligen Habens. Man sah ihn den Häusern und Gasthäusern an, den gepflasterten Straßen, den Blumen- und Gemüsegärten. Gewiß, Misthaufen kannte auch Richterswil, doch schienen sie verhaltener zu riechen als jene in Urdorf, und die Schlachtabfälle, welche die Metzger im sonst reinlichen Dorfbach entsorgten, wurden, bevor sie belästigen konnten, von Enten und Gänsen gefressen, die ihrerseits den Tafelfreuden der Hablichen dienten. Zu ihnen zählten auch die Kur- und Badegäste, die sich, von Richterswils Ruf als Kurort für Gemütskranke angelockt, mit kaltem Wasser und Blutegeln behandeln ließen und in den Behandlungspausen vornehm gekleidet und schwermütig am See promenierten. – Und schließlich zeugte vom Wohlstand der Dreitausendseelengemeinde das stattliche Armenhaus, das aber nur die restlos Verarmten aufnahm, die sich auf der Seepromenade womöglich bettelnd vor die auswärtigen Melancholiker geworfen hätten. Die gewöhnlichen Armen sowie jene, die sich dank ihrer oder ihrer Kinder Arbeit in der Fabrik – Baumwollspinnerei oder Kattundruckerei – aus der Armut hochgestrampelt hatten in die Ärmlichkeit, wohnten im Dorf und in den umliegenden Weilern und verstärkten mit ihrer Gegenwart das Wohlgefühl der Hablichen.

Und Heinrich? War einsam zuerst und unzugehörig, obwohl ihm das noblere Umfeld zusagte. Er kannte die Fabrikler, viele in seinem Alter, aber Umgang mit ihnen pflegte er kaum, sei es aus Dünkel, sei es, weil er sich schämte, daß diese Altersgenossen auf eigenen Füßen standen, während er keinen Heller verdiente und seiner Mutter, die ihn an kurzer Leine hielt, über jeden Rechenschaft ablegen mußte. Oft, wenn er in seiner Mansarde saß – er wohnte billig im Gasthaus *Raben* –, erschien ihm seine Lage unerträglich. Er war doch etwas Besseres – und zugleich nur ein Schlucker. In solchen Momenten träumte er sich reich, und sein zur Trägheit neigendes Wesen wurde von Ehrgeizgefühlen förmlich gestrafft. In solchen Momenten holte er sein geheimes Vermögen unter der Strohmatratze hervor: das Büchslein mit den römischen Münzen, die er als Knabe beim Mausen gefunden hatte und die, wie er inzwischen wußte, eigentlich dem Staat Zürich gehörten, weshalb er sich nicht traute, sie hier zu verkaufen. Aber es war ja vorgesehen, daß er nach Abschluß der Lehre nach Paris reisen würde, wo es bestimmt genügend Abnehmer gab und von wo er sich in Samt und Seide heimkehren sah. – Einstweilen war er noch Commis im Kontor der Hürlimannschen Kattundrukkerei, lernte still und meist strebsam mit Soll und Haben umgehen und gab zu keinen Klagen Anlaß.

Manchmal besuchte er seine Mutter, und auf dem neuen Raddampfer, der *Republikaner* hieß und die Strecke von Richterswil nach Zürich in zwei Stunden zurücklegte, pflegte sich der Zweitklaßpassagier unauffällig unter die Erstklaßpassagiere im hinteren Teil des Schiffes zu mischen, bis sich eines gräßlichen Tages einer der Schiffleute, ein kräftig gebauter Mann mit stechenden Augen, vor ihm aufpflanzte und in einer Lautstärke, die alle Gespräche verstummen ließ, in etwa das Folgende sagte: Das Herrchen scheint sich, so wahr ich Treichler heiße, verirrt zu haben, zeigt euren Fahrschein! – Mit feurigen Ohren bezahlte Heinrich die Differenz von sechzehn Batzen, und obwohl er jetzt auf dem Hinterdeck hätte bleiben können, stahl er sich, stärker als üblich hinkend, weg, und das muntere Gelächter der Erstklassigen ist ihm nicht tagelang, sondern lebenslang im Ohr geblieben. Den vierschrötigen Treichler aber, dem er noch oft begegnete auf seinen Fahrten, nannte er fortan, zumindest im stillen, Seichler. Er hätte diesen Richterswiler Schiffmann mit vollem Namen Jakob Treichler bestimmt auch dann nie vergessen, wenn Treichler später, als Heinrich längst in Ägypten war, nicht nochmals schreckgespenstisch in sein Leben eingedrungen wäre – in einer Angelegenheit, die in keinem Zusammenhang mit der Schiffahrt stand und von der noch die Rede sein wird.

Manchmal also besuchte er seine Mutter, und den Weg von Zürich nach Dietikon, wo sie nach dem Auszug aus dem Urdorfer Pfarrhaus wohnte, ging er zu Fuß entlang der Limmat und überlegte sich dabei, worüber er mit ihr reden könnte. Zum Glück war sie gesprächiger als er und nahm ihm seine Sorge meistens ab, so wie sie ihm die Kindheitssorgen oft abgenommen hatte. Sie spürte, wenn er sie besuchte, wie ihm zumute war, sie witterte vieles und sagte eines Tages, ohne daß er ihr eine Andeutung gegeben hätte: Es ist gewiß ein liebes und ordentliches Mädchen, das du gern hast, wie heißt es denn? – Elisabetha, sagte er zögernd, oder halt einfach Elise. – Siehst du, sagte die Mutter, ich bin auch immer nur die Gret gewesen, obwohl ich Margaretha heiße, erzählst du mir von ihr? – Ich kann es nicht so recht, sagte er. – Das ist ein gutes Zeichen, sagte sie und fragte nicht weiter.

Entdeckt hatte er Elise schon bald nach seinem Einzug ins Giebelkämmerchen des *Raben*, von wo aus er hinübersehen konnte zum schräg gegenüber liegenden Fachwerkhaus des Bäckers Johannes Schmid. Die Entfernung von Heinrichs Giebelkammer zu Elises Giebelkammer betrug zirka hundert Meter, ich habe das an Ort und Stelle überprüfen können, da es beide Häuser noch gibt, und eines Morgens hatte Heinrich die junge Frau erblickt, die am offenen Fenster stand und ihre Zöpfe flocht. – Man mag die Nase rümpfen über diese Szene, und trotzdem handelte es sich um einen Schicksalsmoment, um einen jener ungezählten, zufälligen, bis in die schwindelerregendste Tiefe der Zeit hinabreichenden Augenblicke, die vorentscheidend waren für mein Sein, so vorentscheidend wie Heinrichs weitere Schritte, die ihn bald in den Bäckerladen führten. Dort sprang der Funke über, und wenn Elise Heinrichs Gestalt auch nicht als stattlich empfinden konnte, so zogen sie umso mehr seine Augen an, die braun und traurig waren und sehr lieb. Ihn störte es umgekehrt nicht, daß sie ein wenig zur Fülle neigte, es gefiel ihm sogar. Am schönsten aber fand er ihre Augen, die, wie sich denken läßt, sehr blau und heiter waren.

Man kam sich langsam näher, weniger in der Bäckerei, wo Elise bedienen mußte und wo jederzeit jemand eintreten konnte, als außerhalb dann und wann, sei es an Jahrmärkten, sei es an Tanzbelustigungen. Auch winkte man sich täglich von Kammer zu Kammer zu, und eines Abends – es war, um genau zu sein, der Abend des zehnten Mai vierundvierzig – stand sie erstmals vor seiner Tür, mit einem Körbchen am Arm, das allerlei Gebäck, darunter einen Zopf enthielt, und gratulierte ihm zu seinem zwanzigsten Geburtstag. Sie durfte nur drei Minuten bleiben, dann war er allein mit dem Körbchen und seiner Verwirrung, die ihn daran gehindert hatte, Elise über ihren Irrtum aufzuklären. Wie ungeheuer viel ihm ihre Liebesgabe und ihr Besuch bedeuteten, kann man daran ermessen, daß er den zehnten Mai von Stund an als seinen Geburtstag bezeichnete und feierte, und zwar bis an sein Lebensende. – Es liegt mir eine Postkarte vor, die er meiner Großmutter, damals dreizehn, ein Jahr vor seinem Tod aus Kairo geschickt hatte mit folgendem Text: *Meine herzlichsten Grüße! So geschrieben an meinem 77 Geburtstage in guter Gesundheit. Dein Großvater H. Bluntschli.* – Poststempel: CAIRE 10 V 00. – Und dabei war sein wahres Eintrittsdatum, von seines Vaters Hand im Urdorfer Kirchenbuch eingetragen, der neunzehnte Mai des Jahres achtzehnhundertvierundzwanzig, woraus wir, bei allem Respekt, ableiten müssen, daß er am 10 V 00 nicht seinen 77sten beging, sondern den 76sten – und diesen, Elises wegen, neun Tage zu früh.

Man kam sich also näher, aber es dauerte lange, bis sie ihm etwas mehr überließ als ihre Hände, denn bis auf weiteres war eine Heirat ausgeschlossen. Zwar kam er aus einem Pfarrhaus, und seine Laufbahn wurde als verheißungsvoll taxiert, aber um eine Habliche heimzuführen, bedurfte er eines dinghafteren Vorzugs. Trotzdem war ihm Elises Mutter zugetan, während der Vater, der nicht nur als Bäcker, sondern auch als Gemeinderatsschreiber den besten Ruf genoß, nur vorsichtiges Wohlwollen zeigte. – Erst Monate nach Heinrichs zwanzigstem Geburtstag kam es zum ersten Kuß, und es war indirekt ein Graf von Stechenheim, der dieses Ereignis bewirkte. In Samt und Seide war er im Vorjahr, zum freudigen Stolz der Einwohnerschaft, in der Nachbargemeinde Wädenswil abgestiegen, wo er sich tüchtig bebuckeln und fürstlich bewirten ließ, um sich dann, da er in Wahrheit ein Schneidergeselle war, auf Zehenspitzen aus dem

Staub zu machen. – Die Richterswiler nahmen sich des Vorfalls auf ihre Weise an – so wie auf seine Weise später ein berühmter Dichter – und schlachteten ihn aus zu einem Fastnachtsspiel, das auf dem Platz bei der Schiffländе aufgeführt wurde und alle ergötzte, auch Heinrich und Elise. Heinrich war sogar mehr als ergötzt, nämlich beeindruckt und trotz der kalten Witterung erhitzt, so sehr hatte er mitgefiebert und sich erleuchten lassen von der Einsicht, daß aller Erfolg von der Art und Weise des Auftretens abhängt. – Elise, sagte er nach der Darbietung und nach dem Genuß eines Zitronenlikörs, den der Engelwirt auf dem Platz feilbot, Elise, wir gehen spazieren. – Das war ein neuer Ton. Bis anhin hatte er entweder gefragt oder sich nicht zu fragen getraut. – Ja, gehen wir, sagte sie. – Und zu ihren Geschwistern – zwei von vier waren wie meistens in der Nähe – sagte sie: Wir gehen jetzt. – Es war noch Tag. Schnee lag keiner, aber im Uferbereich war der See, dem sie dorfauswärts entlanggingen, teilweise zugefroren. Niemand begegnete ihnen, und zwischen Kattundruckerei und Armenhaus setzten sie sich auf eine Steinbank, die so eisig war, daß sie sich wieder erhoben und im Stehen umarmten. Sie fragten sich gleichzeitig: Frierst du? – und antworteten gleichzeitig: Nein. – Aber es dauerte lange, bis ihre Lippen durchblutet und angewärmt waren, und dann brach Elise ab, weil mein Ururgroßvater zu stürmisch wurde. Dabei wäre an ein Durchkommen, obwohl er daran dachte, doch gar nicht zu denken gewesen, bestimmt trug meine Ururgroßmutter sechs Schichten übereinander. Im übrigen war sie gleich alt wie er, auch wenn er sie manchmal als älter empfand, und immer roch sie angenehm nach Brot.

Kurz vor dem Ende von Heinrichs Zeit in Richterswil geschah ein Unglück. Heinrich war gewiß kein Wirtshäusler, dazu fehlte es ihm an Geselligkeit und Geld, und es kam selten vor, daß er sich locken ließ. Aber wenn es vorkam, dann hielt und trank er mit und konnte großspurig werden. So auch in der Nacht vom vierten auf den fünften März des Jahres sechsundvierzig. Man hatte schon diverse Schenken abgeklappert und sich nach Mitternacht – Sperrstunde wäre schon um elf gewesen – zu einem Schlummertrunk ins Gasthaus *Drey Könige* begeben, wo man zuerst über Zigeuner und Landstreicher schimpfte, später über die Weiber. Hier legte sich Heinrich ins Zeug und rief, es gebe erfahrungsgemäß und leider nur zweierlei Sorten: die einen seien zu willig, die anderen zu spröd, und einem rechten Mann behage beides nicht. – Das kühne Votum erntete Applaus, danach erbleichte die Runde, denn Fügli, der Wirt, stürmte ins Hinterzimmer und schrie, daß der *Rabe* brenne. – Tatsächlich hörte man jetzt, da es auf einmal sehr still war, die Feuerglocke und die Feuerhörner, und die bezechten Burschen sprangen auf und brüllten: An die Eimer! – und rannten weg, um ihre Pflicht zu erfüllen, und verloren sich in der Dunkelheit, und Heinrich, der ihnen zu folgen versuchte, merkte, daß seine Beine versagten. Auf der Dreikönigengasse, die heute Chüngengasse heißt und die hangaufwärts zur Dorfstraße führte und führt, an der der *Rabe* stand und wieder steht, kniete sich Heinrich nieder, erbrach sich, hörte die Salven des brennenden Gebälks, sah, als er aufstand, die Feuergarben, sah im Geist auch Elises Haus schon in Flammen, blieb, als er endlich in der Nähe des Schauplatzes ankam, reglos hinter einem Holunderbaum stehen, bis das glühende Gerippe des Dachstuhls, unter dem er gewohnt hatte, krachend in sich zusammenfiel. Jetzt erst und angesichts des dadurch verursachten mächtigen Funkenwurfs stürzte er sich ins Geschehen und unter die schreienden Löschmannschaften, die den im Vollbrand stehenden *Raben* aufgegeben hatten und mit ihren Eimerspritzen versuchten, das Übergreifen des Feuers auf die umliegenden Gebäude, insbesondere auf das Haus der Bäckersfamilie, das wegen des starken Südostwinds am meisten gefährdet war, zu verhindern. Heinrich sah, während er einen vor Erschöpfung halb toten Feuerwehrmann an der Pumpe ablöste, daß auf der hölzernen Außentreppe der Bäckerei drei Frauen mit Besen um sich schlugen, worauf er, im Glauben, die Treppe brenne bereits, die Pumpe fahren ließ und den Frauen zu Hilfe eilte. Elise ihrerseits ließ den mit einer Jutehülle überzogenen und mit Wasser durchtränkten Reisbesen fahren, umarmte Heinrich auf halber Höhe der Treppe und weinte laut, denn sie war bis jetzt im ungewissen geblieben, ob er, wie die einen verbreitet hatten, in seiner Kammer umgekommen war oder ob er, wie seine Kumpane behauptet hatten, dank Pintenkehr noch lebte. Auf der Holztreppe, die heute eine Steintreppe ist, kamen die beiden für Sekunden zusammen, so innig wie nie mehr, aber Elises älteste Schwester drohte von oben herab mit dem Besen, der zum Ablöschen der Funken diente, und zischte Heinrich zu, er solle sich anderswo nützlich machen.

Er tat es bis zum frühen Morgen, betätigte sich einmal als Wasserträger, dann wieder an der Pumpe, dann auch in vorderster Linie am Strahlrohr, aus dem das Wasser schoß, mit dem er die Fassade von Elises Haus abkühlte, und als der Tag anbrach und außer dem *Raben* alles gerettet war, ging er rußig zur Arbeit, und Hürlimann-Landis, sein Chef, mildtätig wie alle Unternehmer, besorgte dem Obdachlosen auf Kosten der Firma ein Zimmerchen im Gasthaus *Engel* und schenkte ihm einen Anzug, der ihm zu eng geworden und Heinrich zu weit war. Auch an anderen Zeichen der Anerkennung fehlte es nicht, und wenn sie ihm auch schmeichelten, so spürte er doch und nicht zum ersten Mal, daß er als Heinrich nichts galt, weil sich sein Wert in den Augen der Welt nur nach der Leistung bemaß. – Sein Besitztum aber – der zweite Maßstab für menschlichen Wert – war ein Raub der Flammen geworden, und auf Heinrichs geschmolzenen Silber-Denaren und Messing-Sesterzen hat man den *Raben* wieder aufgebaut. Verschont geblieben war allein die unscheinbarste und verkrustetste der Münzen, die Heinrich seiner Liebsten noch vor dem Brand zum Geschenk gemacht hatte, zusammen mit einem Kämmlein aus Bein. Sie gab die Münze später ihrem Sohn – als Andenken an seinen abwesenden Vater –, und später gab sie der Sohn seiner jüngeren Tochter, die meine Großmutter war. Von ihr ist sie direkt auf mich gekommen, es handelt sich um einen sogenannten Aureus, ein Goldstück aus Neros Zeit.

9

In Elises schwarzem Kochbuch, das mir ja auch vererbt worden ist, finden sich vierhundertundzwölf eigenhändig geschriebene Rezepte, nicht mitgerechnet all jene, die sie auf lose Zettel notiert und ins Buch eingelegt hat. Diese hätten, würde ein Unberufener geschnüffelt haben, den wenigen anderen und intimen Einlagen gleichsam zur Tarnung gedient. Weil aber ohnehin niemand auf die Idee kommt oder kam, in einem Kochbuch Intimitäten zu suchen, benutzten es kluge Frauen allzeit als ideales Versteck, und im Kochbuch meiner Ururgroßmutter haben drei davon überlebt, drei Intimitäten, von denen eine zwischen den Seiten 68 und 69 lag, wo sie vermutlich mit Bedacht hinkam, denn am Rand neben dem auf Seite 68 beschriebenen Rezept steht mit Bleistift geschrieben: *Heinrichs Leibspeise!* – In der Überzeugung, daß die Leibspeise eines Menschen – so gut wie jede andere Vorliebe – etwas über ihn aussagt, auch wenn dieses Etwas schwer zu fassen ist, teile ich mit, daß es sich bei der fraglichen Speise um eine mit einer Füllung aus eingeweichtem Weißbrot, Leber, Zitronenrinde, in Butter gedünsteten Zwiebeln und gesottenen Kastanien vollgestopfte, gut zugenähte und gebratene Gans handelt. Aber von größerem Belang ist natürlich das dünne und ziemlich vergilbte Blättchen, das diesem Rezept zugeordnet zu sein scheint und auf dem das Folgende zu lesen ist:

Paris Freitag d. 29 Jänner 1847. Theure Elise! Das macht mich trübsinnig daß ich an deinem Geburtstage in der Fremde sein muß und dich nicht traulich an das Herz drüken, das beschwerte, wo dan die Wärme von dir in mich einzöge. Es zukt mir durch alle Glieder während ich dieses aufschreibe und habe brennende Sehnsucht. Du schreibst daß du an der Aussteuer schaffst und häkelst und ob es mir auch nicht an Fleiß mangle? Sei versichert nein, ich thue mein möglichstes und im Strumpf liegt allmählig schon ein artiges Sümmchen, indem ich mir jeden Bissen vom Mund abspare. Wenn nur das auseinander Sein mich nicht aus deinem Gedächtniß vertreibt! Bei dem Gedanken wird mir ganz schwindlicht und verliere den getrosten Muth. Grad jetz kommt Bruder Carl ins Zimmer ich muß enden. Leb wohl Lieschen mein Alles. Dein Heinrich.

Ich sehe ihn vor mir unter dem Eismond der Stadt Paris, den wärmebedürftigen, kleinmütigen Bräutigam, der hier nicht als Pfarrer, sondern als Bankangestellter amtet, der sich von Sehnsucht nicht zu reden traut, ohne auf seinen Fleiß zu verweisen, und der sich das künftige Liebesglück förmlich erhungert, damit der Sparstrumpf, der Garant dafür, sich fülle. Denn er weiß ja, daß seiner Braut nicht gedient wäre mit dem bloßen Geschenk seines Herzens, aber es betrübt ihn doch, daß es so ist und daß es ihn Elise spüren läßt.

Heinrich dürfte im Spätsommer sechsundvierzig nach Paris abgereist sein. Die Polizeidirektion Zürich führte Kontrolle über alle von der Staatskanzlei ausgestellten Auslandspässe und registrierte nicht nur die Personalien der Empfänger, sondern auch Einzelheiten ihrer körperlichen Beschaffenheit. Dieser Gründlichkeit sowie der amtlichen Lust am Aufbewahren solcher Daten ist es zu verdanken, daß ich mich eines Tages über ein mit schwarzer Tinte geschriebenes und über hundertfünfzig Jahre altes Register beugen und klopfenden Herzens das Folgende entziffern und erfahren konnte: *Nro. des Passes: 627. – Datum desselben: 1846 August 18. – Name und Heimathsort des Reisenden: Hr. Joh. Heinrich Bluntschli aus Zürich. – Beruf: Kaufmann. – Alter: 22. – Größe: 5 Fuß 6 Zoll. – Haare: braun. – Augenbrauen: braun. – Augen: braun. – Nase: mittl. – Mund: klein. – Kinn: rund. – Ort, wohin der Reisende zu gehen gesinnet ist: nach Frankreich.*

Wäre Heinrich steckbrieflich gesucht worden, hätte er sich vor dem Zugriff der Fahnder kaum fürchten müssen. Selbst ein Computer würde ins Stocken geraten, wenn er, gefüttert mit diesem Signalement, ein brauchbares Bild liefern müßte. Immerhin erfahren wir, daß Heinrich fünf Fuß und sechs Zoll lang war, was hundertachtundsechzig Zentimetern entspricht und somit der durchschnittlichen Mannesgröße in jener Zeit. Neben

Jakob Treichler freilich, dem Schiffmann, dem verfluchten, mußte er sich als minderwüchsig empfinden, aber dafür war Treichler nicht der Hellste. Und umgekehrt hätte Heinrich neben Gottfried Keller, auf den ich bei der Suche in den genannten Paßbewilligungsregistern per Zufall ebenfalls gestoßen bin – *Nase mittl, Mund mittl, Kinn rund, Größe 5 Fuß 4 Zoll* –, schon fast stattlich gewirkt, aber nur fast, denn wenn die Maßangabe stimmt, war Keller mit hundertzweiundsechzig Zentimetern zwar klein, aber mitnichten der Zwerg, zu dem ihn die Nachwelt gemacht hat.

Es ist, nebenbei, dem Wesen und Lebensgefühl eines Menschen am zuträglichsten, wenn er durchschnittlich groß ist, denn der Große, der sich gezwungen sieht, auf die anderen ständig herabzuschauen, wird entweder hochtrabend werden oder übertrieben wohlwollend, während der ständig aufschauen Müssende dazu neigt, sich abgewertet und mißglückt zu fühlen oder aber übertrieben aufzustreben. Wie auch immer, davon, daß Heinrich, der Mittelgroße, trotz alledem mit seiner Mittelgröße nicht ganz zufrieden war, könnte der Umstand zeugen, daß er in seinem Paß nicht einfach unter seinem einfachen und einzigen Taufnamen *Heinrich* figurieren wollte, sondern der Staatskanzlei Zürich einen *Johann Heinrich* unterjubelte, so wie er später, in seiner ägyptischen Frühzeit, die ärgerliche Verkleinerungsform Bluntsch*li* zwar nicht zu *Bluntsch* oder *von Bluntsch* aufmöbelte, aber doch zum aparteren

Bluntschly mit Ypsilon. Im übrigen – womit wir wieder beim Signalement sind – bedeutet das Wort *bluntsch* soviel wie *plump gedrückt*, und es bezieht sich auf die Eigenart der Nase. Hängt man ein -li an, so wird die plump gedrückte Nase auch noch klein. Irgendwann im Dunkel der Vorzeit muß also einem meiner Ahnen, der mit einer kleinen Stumpfnase geschlagen war, der Name Bluntschli verpaßt worden sein, und tatsächlich, trotz aller Vermischung, kommt bis zum heutigen Tag immer wieder einmal ein Bluntschli-Nachkomme zur Welt, bei dem sich diese sogenannte Bluntschlinase genetisch durchgesetzt hat. Da Heinrichs Nase amtlicherseits als mittelgroß eingestuft wurde, schien sie nicht diesem Typus anzugehören, plump war sie auch nicht, wohl aber stumpf beziehungsweise feingerundet bei schmalem oberen Rücken und mittelkräftiger Wurzel. So jedenfalls hat Rudolf Koller sie in Paris gemalt, und sein Gemälde entschädigt uns vollkommen für das verschwommene Signalement in Heinrichs Paß.

Meine Großmutter hat, wie früher schon erwähnt, zeitlebens behauptet – und im blauen Heft auch schriftlich festgehalten –, daß Heinrich zusammen mit dem Maler Rudolf Koller nach Paris gereist sei und dort eine Dachstube mit ihm geteilt habe. Die erhalten gebliebene Frucht dieses Umgangs sei Heinrichs Porträt, Öl auf Leinwand, leider unsigniert und undatiert. Mitten in ihrem Pariser Leben habe die beiden dann der Aufruf der Schweizerischen Eidgenossenschaft ereilt, heimzukehren und dem auf einen Bürgerkrieg zuschlitternden Vaterland mit der Waffe in der Hand zu dienen, und diesem Ruf seien die jungen Männer gemeinsam gefolgt.

Nun, Koller, damals erst neunzehn, ist später zu einem der berühmtesten Schweizer Maler geworden, sein Leben ist also dokumentiert: Zum Zeitpunkt, als Heinrich nach Paris reiste – Spätsommer sechsundvierzig –, weilte Koller in Düsseldorf als Student der dortigen Kunstakademie. Er befreundete sich mit seinem Landsmann Arnold Böcklin, porträtierte ihn auch, reiste im März siebenundvierzig zusammen mit ihm nach Brüssel, wo sie zwei Monate blieben, und anschließend noch nach Antwerpen. Dort trennten sich ihre Wege, Böcklin reiste nach Hause und Koller nach Paris, wo er am ersten Juni ankam. – Als er nach zehnmonatigem Aufenthalt in die Schweiz zurückkehrte – etwa acht Monate nach Heinrich –, war der Bürgerkrieg, der sogenannte Sonderbundskrieg, in den ihn meine Großmutter geschickt hatte, schon seit längerem ausgefochten. – Fazit: Bluntschli und Koller sind nie zusammen gereist, und wenn meine Großmutter auf *diese* Weise Familienüberlieferung betrieben hat, sagte ich mir, dann darf man sich fragen, ob sich die beiden überhaupt je begegnet sind. Wenn nicht, kann das Gemälde auch nicht von Koller gemalt worden sein.

Von Zweifel und Neugier getrieben, ließ ich mir in der Handschriftenabteilung der Zürcher Zentralbibliothek Kollers noch unveröffentlichten Briefnachlaß vorlegen. Ich begann mit der Mappe *Briefe an seine Eltern*, suchte die Pariser Zeit und stieß am Schluß des ersten Briefes, datiert vom 3. Juni 1847, auf folgendes Postscript: *Die beiden Söhne von Pfarrer Bluntschli selig von Didikon befinden sich auch hier. Der Henri scheint ein guter Kerl zu sein, aber der ander etwas verdammt hochmüthig.* – Und am 22. Juni schreibt Koller: *Henri Bluntschli war immer sehr gefällig gegen mich. Er war der einzige, der mir gefiel und mit dem ich meistens zusammen kam. Da ich in der ersten Zeit nichts zu thun hatte, malte ich sein Portrait. Nun geht auch der wieder fort und so stehe ich dan wieder so ziehmlich allein.*

Normalerweise führt uns das Studium der Quellen zur manchmal herben Einsicht in den Legendencharakter des Tradierten und gierig Geglaubten, hier war es umgekehrt: Die Quelle spülte die Befürchtung weg, daß die tradierte Episode ein Fantasie- und Wunschprodukt sein könnte. Sogar die Geschichte von der gemeinsamen Dachstube erwies sich jetzt als nicht sehr übertrieben, denn Heinrich wird während jener Juniwochen, als sein Porträt entstand, bei Koller ein- und ausgegangen sein und an der Rue Bleue 38 zuweilen auch genächtigt haben. Auf jeden Fall kann man dem Briefpassus entnehmen, daß sich der Maler und der temporäre Bankmann, der Metzgers- und der Pfarrerssohn, von Herzen mochten, und die Art der Gefühle, die der Maler für sein Modell empfand, ist, wie mir scheint, dem Bildnis eingeschrieben. Ein *guter Kerl* schaut mich aus guten Augen an, ruhig, etwas verträumt, ein Mensch ohne Arg. Der Mund, umrahmt von Schnauz und Kinnbart, ist eher schmal bei feinen, vollen und kindhaft gelösten Lippen. Überhaupt sind seine Züge weich, fast ohne Spuren der Erfahrung, aber sie zeigen Empfänglichkeit, eine abwartende allerdings, nicht eine, die gleichsam die Arme ausbreitet. Obwohl die schwarzseidene Halsbinde, die weiße Hemdbrust und die Busenbrosche – vermutlich ein Onyx, in Gold gefaßt, vermutlich ausgeliehen oder von Koller fingiert – entschiedene Weltzugehörigkeit markieren, scheint Heinrichs Gesicht zu sagen: Ich bin noch nicht recht auf die Welt gekommen. – Du wirst es noch, sage ich zurück, und zwar bald und brutal genug.

Im übrigen liegt auf der einen Hälfte des Gesichts ein Schatten. Das schwache Licht, das die andere Hälfte betont, kann den Hintergrund nicht mehr erhellen, weshalb das eine Ohr und vor allem das Haupthaar fast kontrastlos übergehen ins Dunkle. Und das Dunkle ist dunkler geworden im Licht der Jahrzehnte, der Firnis zum Teil eingesunken, vereinzelte Rißchen im Farbauftrag sind zu beklagen.

10

Manchmal, wenn ich aus einem der Archive Zürichs hinaustrat in die Gegenwart, bekam ich den bösen Blick. Ein einziger Tag der Versenkung schien bewirken zu können, daß ich mich beim Wiederauftauchen als Relikt jener Zeit fühlte, in der ich mich aufgehalten hatte, und die Rückkehr in meine Welt war keine ins Vertraute. Von einem anderen Epochenrhythmus wie infiziert, empfand ich den normalen Verkehrsfluß als Niedertracht und die normalen Bewegungen der Menschen als Veitstanz. Haßerfüllt stand ich vor dem Billettautomaten, und während ich die Tasten drückte und dem rüden Klicken nachhorchte, war mein Tram angekommen und wieder abgefahren, ohne sich durch Wiehern oder Peitschenknall bemerkbar gemacht zu haben. Kam das nächste, erschrak ich über die zischend aufschnappende Tür und stieg mit Gänsehaut ein, und die Fahrgäste waren mir unheimlich. Es schienen sich alle zu gleichen, so wie die Taschen auf ihren Knien, so wie die Zeitungen, die manche von ihnen lasen, um während der verlorenen Minuten zwischen Einsteigen und Aussteigen nicht ratlos brüten zu müssen. In den Flugzeugen gab es Fernsehschirme, die den Passagieren über das Gröbste hinweghalfen, in einem Berner Tram seit kurzem einen Bancomaten, der seinen Benutzern beim Zeitsparen half und eine Weltneuheit war, hier aber verriet fast jeder Hinterkopf den Unmut darüber, daß es noch immer räumliche Distanzen gab und viel zu träge Fortbewegungsmittel, in denen man sogar allein gelassen wurde, da einem nicht einmal ein minimales Unterhaltungsangebot die tote Spanne versüßte. – Einmal verlor ich den bösen Blick, einmal sah ich einen rasierten und harmonisch geformten Frauenschädel vor mir, der so lange eine tröstliche Ungleichheit ausstrahlte, bis ich ihn sagen hörte: Ich bin jetzt auch verkabelt. – Ich brauchte eine Weile, um den Sinn zu erfassen, und bei der nächsten Haltestelle – die Lautsprecherstimme, die sie ausrief, war die eines fremden Tiers – stieg ich vor Enttäuschung vorzeitig aus und ging zu Fuß weiter, und obwohl ich es nicht eilig hatte, bewegte sich mein Körper so zügig voran, als gälte es, die Differenz zwischen Fahrzeit und Gehzeit zu verkleinern. Erst als ich an einem riesigen Plakat vorbeikam, das ich zum ersten Mal sah, verlangsamte ich mich. OHNE DINGS KEIN BUMS stand darauf, und trotz teilweisem Einverständnis war mir die Botschaft ein wenig zu barsch und zu lärmig, während Heinrich, wie ich mir sofort sagte, sie gar nicht erst hätte entschlüsseln können und auch das überdimensionale, eingerollte und rosarot abgebildete Dings verständnislos angestaunt haben würde. Ich merkte bei jedem Schritt: Fast nichts von dem, was ich sinnlich wahrnahm, was mich umgab und prägte, ob ich es guthieß oder verwarf, hatte Heinrich gekannt, fast nichts von dem, was ich wußte und an Zusammenhängen zu verstehen glaubte, gewußt und verstanden. Nur dreiundvierzig Jahre vor meiner Geburt ist er gestorben – und stünde doch schon, dachte ich, als zitternder Fremdling im Heute, als sprach- und kompaßloser Idiot. Ich will ihn, dachte ich, schnell an der Schulter berühren und ihm etwas Linderndes anvertrauen: Glaub mir, im Grunde fühlen wir uns ähnlich, wir Gegenwärtigen, und sind, von ein paar Wichtigtuern abgesehen, so belämmert wie du. Wie könnten wir heimisch sein in einem Raum, der stündlich ausgeräumt und frisch gestrichen und wieder neu möbliert wird? Auch wir sind überfordert, lieber Heinrich, auch uns verschlägt die Welt die Sprache, die wir so dringend bräuchten, um sie beschreibend entwirren zu können, was sagst du dazu?

Er sagte nichts, wir gingen stadteinwärts. Manchmal blieb er stehen und hielt sich die Ohren oder die Nase zu. – Automobile, erläuterte ich, ökonomisch und seelisch zentral. – Er schüttelte den Kopf. – Nun gut, sagte ich, sie könnten leiser sein und besser riechen, andrerseits lassen sie keine Roßäpfel fallen. – Er hörte nicht zu, er schielte jetzt auf ein Plakat, auf dem eine Frau einem Mann von hinten den Slip nach unten zog und sein Gesäß mit spitzen Lippen küßte. MACHEN SIE IHREN PO ZUR KUSSZONE, stand unter dem Bild, und ich erklärte, daß es sich hier um eine Reklame für feuchtes Toilettenpapier handle und daß es heute nur noch öffentliche und veröffentlichte, aber keine intimen Intimbereiche mehr gebe. – Er nickte heftig, schien aber meine Aussage schon nicht mehr auf das Plakat zu beziehen, sondern auf zwei junge Frauen, die uns barbeinig, bauchnabelfrei und mit luftigen Brüsten entgegenkamen. So etwas hatte er gewiß noch nie gesehen, höchstens in einem Pariser Lokal, vielleicht auch in einem der früher so zahlreichen Nachtklubs von Alexandrien, wo die Schleier zwar selten fielen. Wie auch immer, wir teilten die Vorbehalte, ich und mein Ururgroßvater, und nachdem wir uns noch einmal nach den zwei Sommergestalten umgedreht hatten, kamen wir zu einem Fußgängerstreifen mit Ampel. Ich mußte Heinrich, der ihn bei Rot überqueren wollte, am Ärmel halten, nicht weil ihn ein nahendes Auto gefährdet hätte, sondern weil rot nun einmal nicht grün ist und ich die Regeln, die er nicht kennen konnte, mechanisch respektierte.

Am *Central* standen Menschen und sprachen vor sich hin. Nicht alle, aber manche, und Heinrich schaute verwundert. – Ja, sagte ich, es wirkt ein wenig gespenstisch, doch man gewöhnt sich daran. Sie kommunizieren drahtlos und sind nie mehr allein, da immer und überall ansprechbar, denn so wie der Tod kann der entscheidende Anruf immer und überall kommen, aber wie das Gerätchen genau funktioniert, kann ich dir nicht erklären. Das Wechselspiel der Innereien ist zu vertrackt, als daß wir es fassen könnten, wir sind schon stolz, wenn uns die Handhabung gelingt, die Bedienung der Tasten und Knöpfe, was sagst du dazu?

Er sagte nichts, und auf dem Trottoir des Limmatquais blieb er stehen, schaute mit Wehmut auf die ihm vertraute Limmat, schaute auf das ihm vertraute und imposante Gebäude am anderen Ufer. – Dort haust seit langem die Stadtpolizei, sagte ich, und alles andere ist dir wahrscheinlich bekannt. – Er wischte sich eine Träne ab, er wußte also Bescheid. Oder war es nur eine Träne der Rührung, weil das Gebäude noch stand, das einstige Waisenhaus, an dem sein Großvater Salomon Bluntschli und dessen Bruder Jacob die Steinhauerarbeit ausgeführt hatten? War es doch eher eine Träne des Schmerzes? – Ich bin nicht sicher, sagte ich, ob du es je erfahren hast. Aber damals, als festzustehen schien, daß du nicht wiederkehren würdest, hat Elise dein und ihr Söhnchen bei der Hand genommen und es dort drüben abgeliefert. Geschlagene zwölf Jahre hat er in jenen Mauern zugebracht, dein Theodor. – Heinrich stand verdüstert und nickte schwach und schuldbewußt. – Zum Glück, sagte ich, ist er trotzdem ein tüchtiger Mann geworden, der fast den Reißverschluß erfunden hätte und daneben zwei Töchter gezeugt hat, von denen eine dann die Mutter meines Vaters wurde. Im übrigen – ich weiß, ich sollte es dir ersparen – ist Theodor nicht der einzige aus deinem Blut gewesen, der zur Aufzucht ins Waisenhaus kam. Fünf deiner Enkelkinder teilten später sein Los aus traurigem Grund: Im sechsunddreißigsten

Lebensjahr mußte ihr Vater Georg, dein Jüngster aus ägyptischer Ehe, die Welt schon verlassen, nur drei Jahre nach dir. Er erstickte in Kairo an einem Taubenei. Er starb in Alexandrien an einer Blinddarmentzündung. Nach einer dritten Quelle soll er in Zürich, wo er im Auftrag des Crédit Foncier ein Bankgeschäft getätigt haben soll, an Leberkrebs verschieden sein. So oder so, seine französische Gattin stand auf einmal allein mit ihren fünf kleinen Kindern, und weil diese so wie ihr Vater und so wie du das Bürgerrecht der Stadt Zürich genossen und folglich von ihr aufgenommen werden mußten, nahm Augustine die Kinder bei der Hand, reiste mit ihnen von Kairo nach Zürich und lieferte vier von ihnen dort drüben ab. Nur Jean Baptiste, den dreijährigen Jüngsten, hat sie fürs erste behalten. Der Zweitjüngste starb dort, die Mädchen überlebten, und Jean Baptiste kam später, als er elf war, gleichfalls von Kairo hierher ins Waisenhaus. Er ist Konditor geworden, und hätte es ihn nicht gegeben, so wäre …

Da Heinrich keine Spannung zeigte, brach ich ab. Er war in sich gekehrt und schien nicht mehr viel wahrzunehmen. Wir gingen bis zur Rathausbrücke, überquerten sie und spazierten via Schipfe zurück. Hier, in dieser autofreien, kopfsteingepflasterten Gasse – rechts die Limmat, links Haus an Haus aus alter Zeit – mußte sich Heinrich heimisch fühlen, aber er ging wie blind, und wäre ich vor dem blaß lachsfarbenen Haus mit den blaß schlammgrünen Fensterläden, das den Namen

Zum Stein-Böcklin trägt, nicht stehen geblieben, er hätte es übersehen. Nun schaute er die Fassade empor, und seine Miene verriet Wiedererkennen, kein seliges allerdings. – War es so schlimm? – Er nickte. – Eigentlich klar, dachte ich, ich hätte es wissen müssen, das Haus erinnert ihn an ein frühes Versagen, an seine kurze und fruchtlose Zeit am Gymnasium, während der er hier Gastrecht genoß bei seinem Verwandten und Protektor Hans Bluntschli. – Ich zeigte, um ihn abzulenken, auf die Gedenktafel über dem Eingangsportal, die nicht dem Seifenfabrikanten Hans gewidmet ist, sondern dem Johann Caspar, seinem gelehrten Sohn, der in fast jedem Lexikon steht und dem Heinrich seine Stelle bei Hürlimann-Landis verdankte. Und Heinrich las die Inschrift nicht mit Ehrfurcht, sondern lächelnd, so daß man hätte meinen können, er halte weder den in Stein Verewigten noch den Stein selbst für ewig.

Eigentlich hatte ich ihn noch in die Oetenbachgasse führen wollen, zum Haus, in dem er Liebesglück erlebte, ich tat es nicht. Es fiel mir noch rechtzeitig ein, daß das Zerschellen des Glücks einen Schatten auf dieses wirft. Was böse endet, kann nicht gut gewesen sein, scheint die Erinnerung sich zu sagen, und sie bewahrt das Ende und entwertet, was ihm an Hellem vorausging. Vielleicht empfand Heinrich anders, ich führte ihn trotzdem nicht hin – wir waren ja auch, gemessen an meiner Absicht, ihm das Heute ein wenig zu zeigen, schon zu sehr ins Gestern geraten.

Die Bahnhofstraße war heutig: auf tote Weise glänzend und belebt. So auch das Warenhaus, das wir betraten, empfangen von Parfümduft, gedämpfter Musik und ungedämpftem Licht aus tausend Spots, die den Waren den Mund aufrissen, damit sie sich schreiend anbieten konnten. Verspiegelte Flächen verdoppelten sie, als sei das Angebot nicht betäubend genug. Dabei sah man nicht dieses und jenes, so wenig wie Tropfen im Meer. Man sah und fühlte den Ansturm des Ganzen und hörte es tosen. Erblickte man eine Verkäuferin, so war es eine Kleiderpuppe, und umgekehrt entpuppte sich die Kleiderpuppe als Verkäuferin. Fahl und in Halbtrance huschte die Kundschaft, freudlos und unersättlich griff sie zu und trug das Überflüssige zur kratzend schnurrenden Kasse. Vor der Rolltreppe bockte Heinrich. Ich nahm ihn am Arm, wir verließen das Geisterhaus und wankten ein Weilchen lang beide. – Ich wollte dir nur die Rückkehr erleichtern, sagte ich, ich meine die in dein Reich.

Plötzlich, in der Osthalle des Hauptbahnhofs, entglitt er meinem Arm. Ich kann nicht sagen, daß ich ihn im Gewimmel der Menschen verloren hätte, denn ein Gewimmel herrschte nicht, und umso sonderbarer war sein abruptes Verschwinden. Ich drehte mich verwundert um mich selbst – kein Heinrich. Wie vom Boden verschluckt, dachte ich. Oder wie entflogen, dachte ich und schaute nach oben und sah, daß ich unter der monumentalen Skulptur stand, unter dem schwebenden, bunten und unermeßlich korpulenten Engel, der seine goldenen Schwingen schützend über die Pilgernden breitet. – Langsam und beruhigt, ja heiter durchquerte ich die Halle, und als ich in meinem Zug saß und auf die Abfahrt wartete, merkte ich, daß ich sogar den bösen Blick verloren hatte.

11

Im Nobelhotel *Nile Hilton*, wenige Schritte vom ägyptischen Museum entfernt, nahm ich den Lift in den dreizehnten Stock und setzte mich in die *Pyramid Bar*, wo ich, dem Chaos unter mir entrückt, bei einem Bier die nahe Zukunft plante. Dem Nationalarchiv, so viel stand fest, war ich konditionell und nervlich nicht gewachsen, es konnte Wochen, vielleicht auch Monate dauern, bis ich dort, falls überhaupt, eines Zipfels habhaft würde, und dies womöglich um den Preis eines anschließenden Kuraufenthalts. Nun gut, sagte ich mir, die Akten Heinrichs mögen eingebunkert bleiben, erreichbar aber sind die Orte, wo er lebte, bevor er sich in Kairo niederließ, und Charles wird mir den Weg zu ihnen weisen. – Ich zog Charles' Brief aus meiner Jackentasche, den schon mehrfach erwähnten, den Heinrichs erster in Ägypten gezeugter Sohn einmal an meine Großmutter geschrieben hatte, um sie vertraut zu machen mit dem Lebensgang seines Vaters, der ja ihr Großvater war. Ich hatte den Brief schon oft gelesen, blind gläubig zuerst wie meine Großmutter, die später Teile davon in ihr blaues Heft hat einfließen lassen, dann aber, je besser ich ihn situieren konnte im ägyptischen Kontext von damals, mit wachsender Vorsicht. Wie etwa hätte ich glauben dürfen, daß

Vizekönig Abbas Pascha, der Vorgänger von Said und Ismail, den jungen Heinrich in seine Dienste nahm und zum Generalinspektor all seiner Ländereien ernannte, wo ich doch wußte, daß Abbas, ein brutaler, tückischer Despot, zum Zeitpunkt, als Heinrich in Ägypten strandete, gerade im Begriff war, die letzten Europäer, die noch in ägyptischen Diensten standen, zum Teufel zu schicken? Was, nebenbei bemerkt, weit weniger tragisch war als seine eigentlichen Greueltaten, wovon die letzte dank der Beherztheit einer Tänzerin verhindert wurde: Er hatte sie irgendwo tanzen gesehn und sie zwecks sexueller Ausbeutung sofort in seinen Palast bestellt, und statt sich geadelt zu fühlen, tat sie, während er sich noch frisch machen ließ, Gift in den Tee, und als der Unhold eintrat, moschusgesalbt, hieß er sie aus der Teeschale trinken, und als sie getrunken hatte, trank auch er, und danach starben beide. – Nach einer faderen Version soll er von zwei seiner Sklaven im Schlaf stranguliert worden sein, auf jeden Fall schloß er die Augen im Juli achtzehnvierundfünfzig. Zu diesem Zeitpunkt aber war Heinrich seit höchstens dreieinhalb Jahren im Land, ein ziemlicher Niemand noch, mit bescheidenen Posten betraut, aber gewiß von Höherem träumend auf seinem alexandrinischen Strohsack.

Man darf nicht vergessen, sagte ich mir in der *Pyramid Bar*, nachdem ich den Brief noch einmal gelesen hatte, daß Charles ein erblindender Greis war, als er ihn schrieb, ein Greis mit Gedächtnislücken und mit dem erblich bedingten Hang, selbst Unwahrscheinliches als niet- und nagelfestes Faktum auszugeben und umgekehrt das graue Faktische gehörig anzumalen. Andererseits, sagte ich mir in der *Pyramid Bar*, ist nicht zu übersehen, daß sein Bericht, wo er die späteren Etappen im Leben seines Vaters schildert, die er nicht nur vom Hörensagen kannte, sondern miterlebte, verhältnismäßig glaubhaft wirkt. Fest ist der Boden zwar nirgends, aber hinten fester als vorn. Und um nicht am Anfang schon zu verzweifeln, sagte ich mir, dürfte es ratsam sein, Heinrichs Zeit in Ägypten vom Ende her aufzurollen und seinen Weg – mit Charles als Führer – rückwärts abzuschreiten wie einen langen, erst farbenreichen und langsam verblassenden Teppich.

Das geologische Museum von Kairo ist abgelegen, schwer zu finden, und der Direktor persönlich betreute mich, doch Bluntschli, der einstige Herr des ägyptischen Salzes, war ihm so unbekannt wie Chalouf beziehungsweise Shalûf oder El Shalûfa, der Ort, wo Heinrich, laut Charles, auf oberster Sprosse stand: *1873, bei einer Inspektion im Kanalgebiet nördlich von Suez, war ihm aufgefallen, daß hier wahrscheinlich sehr große Mengen Salz vorhanden waren. Er teilte diese Beobachtung der Regierung mit, die ihn daraufhin beauftragte, nach gründlichen Forschungen einen Bericht zu verfassen, was er auch machte. Er wurde dann zum Generaldirektor der ägyptischen Salzwerke ernannt, und er erstellte eine große Fabrik in Cha-*

louf, wo man die mit Dynamit gesprengten Salzblöcke zermahlte. Das war ein Werkplatz mit 2000 bis 2500 Arbeitern, wo ungefähr 400 Tonnen Salz pro Tag produziert wurden. – Von alledem wußte der Leiter des Museums, ein Geologe, nichts, aber er führte mich in die kleine Bibliothek neben dem Ausstellungssaal, legte mir ein paar englisch geschriebene einschlägige Bücher zum Selbststudium vor und beauftragte einen Angestellten, mir eine Tasse Tee zu bringen. Überraschend schnell, schon im Inhaltsverzeichnis des ersten Buches, stieß ich auf *Shallufa*, und im entsprechenden Kapitel war zwar nicht von einem dortigen Salzwerk oder Salzbergwerk die Rede, aber immerhin von reichen Salzvorkommen im *Gebel Shallufa*, einem niederen Hügelzug nordwestlich der Bahnstation. Im Prinzip genügte mir das, denn über die genaueren Umstände würde ich mich an Ort und Stelle ins Bild setzen können. Trotzdem blätterte ich, da ich noch immer auf meinen Tee wartete, in einem anderen, schon 1877 erschienenen Buch weiter, und auch in diesem fanden sich einige Bemerkungen zum *rock salt* in der fraglichen Gegend, Bemerkungen, die mich allerdings wurmten und die ich als ehrenrührig empfand. Die Salzlagerstätte, hieß es, sei bislang bloß mit dem Finger beklopft worden und trage wenig bis nichts zur Salzproduktion des Landes bei. Wenn die reichen Lager, hieß es, auf angemessene Weise ausgebeutet würden, so könnte die große Nachfrage etwa des indischen Marktes befriedigt werden. – Offenbar hatte der englische Autor und Klugscheißer nie einen Fuß auf Bluntschlis blühenden Werkplatz gesetzt und schien auch nicht zu wissen, daß Bluntschli im Auftrag der ägyptischen Regierung nach Bombay gereist war, wo er sein Salz dank des kürzeren Transportwegs und des Wegfalls der Kanaltransitgebühren zu weit günstigeren Konditionen anbieten konnte als die italienische Hauptkonkurrenz, die von Stund an auf ihrem Salz hockenblieb.

Der Tee war vergessen worden, und ich hätte jetzt eigentlich gehen können, wäre nicht eine kleine Schar halbwüchsiger Kopftuchmädchen in die Bibliothek gehuscht. Man hatte sie über meine Gegenwart und Nationalität informiert und ihnen wahrscheinlich die Aufgabe gestellt, ihr Schulenglisch an mir auszuprobieren und mir Fragen zu stellen zu meinem Heimatland, was sie teils forsch, teils schüchtern auch taten. Wie zu erwarten war, kam ich für sie aus einem Paradies, gefüllt mit Schnee und Schokolade, Geld und Käse. Als ich erklärte, daß dieses Bild nicht unbedingt die ganze Wirklichkeit einfange, hakte eine Mandeläugige nach und fragte nach der ganzen Wirklichkeit. Peinlicherweise fiel mir zu dieser nichts ein. Ich schaute mit gespieltem Schreck auf meine Uhr, entschuldigte mich und entfloh.

Nachdem ich auch das Postmuseum noch besucht und mit dessen Leiter über eine Sache, die Heinrich betraf, gesprochen hatte, setzte ich mich zur Erholung auf eine Bank im nahen Ezbekiya-

Garten, einst eine zauberhafte grüne Parkanlage im Zentrum des einstigen Ezbekiya-Platzes, der mit seinen Hotels, Konsulaten, Läden und Theatern seinerseits das gesellschaftliche Zentrum des europäischen Lebens in Kairo war. Wo Heinrich an manchem Abend seines Lebensabends saß, um, unter Sykomoren Kaffee trinkend, der Blaskapelle zu lauschen und der chaotischen Prozession der Equipagen, Droschken und Karossen zuzuschauen, die im Schein der fünfarmigen Gaskandelaber an ihm vorüberzogen, saß jetzt, gut ein Jahrhundert später, ich – und rieb mir an Heinrichs Statt die Augen. Die Parkanlage war geschrumpft zu einem Pärklein, zu einer verödeten, nur mit ein paar depressiven Palmen und etwas sonstigem staubgrauen Grünzeug bewachsenen Insel im wahnwitzigen Meer des Verkehrs. Die Bänke waren leer, niemand schien sich von diesem Ort Erholung zu versprechen, und ich bemühte mich, abgasumwoben, den Fortschritt gutzuheißen und dem Vergangenen nicht spießig nachzutrauern. Gleichzeitig war mir doch, als müßte ich mich bei den Geistern, die gramvoll über dem Pärklein schwebten, für die Nachkömmlinge entschuldigen, vor allem beim Geist des Gartengestalters Christian Stamm, Heinrichs Freund und Landsmann, der sein Herzblut gegeben hatte für die Begrünung der Ezbekiya-Gärten, die ihm oblag, und der noch weiteres Blut verlor, als ihm bei einem Bad in Port Said ein Haifisch vier Finger abbiß. – Auch Doktor Hess war unter den Geistern, auch er hatte sich gern hier aufgehalten, und mit ihm verband mich der Umstand, daß er Heinrichs Arzt gewesen war und sein gefühlswarmer Sterbebegleiter. Nach seinem Zeugnis – Charles hat es festgehalten – soll Heinrich nicht friedlich entschlafen sein, sondern *irgendwie flackernd.* Er habe bis zuletzt von einer *Sündenlast* gesprochen und sein Leben mehrmals und wörtlich als *eine in summa beschwerliche Pilgerung* bezeichnet.

Um ihm unbeschwert nachreisen zu können, ließ ich den Koffer im Hotel zurück und nahm nur das Nötigste mit. Am Schalter der Station, von der aus die Busse nach Suez starten, kaufte ich eine Fahrkarte, die der Fahrer, als ich einstieg, genau kontrollierte. Kurz nach der Abfahrt erhob sich der Beifahrer, ging von Sitzreihe zu Sitzreihe und kontrollierte die Karten genau. Nach einer halben Stunde hielt der Bus an, und es stiegen zwei Männer zu, die die Aufgabe hatten, die Karten genau zu kontrollieren. Sie führten Formulare mit sich und machten Kreuzchen darauf. Die Formulare, sagte ich mir, würden in einem Büro von weiteren Beamten der Busgesellschaft kontrolliert und von dort wahrscheinlich zur Kontrolle ans Transportministerium weitergeleitet werden. Befriedigt stellte ich fest, daß die hysterische Botschaft der Effizienz noch nicht hierher gedrungen war und daß der Bus sich trotzdem bewegte.

Die Aussicht aber war dürftig. Statt reizvoll gewellter Dünen nur Müllhalden beidseits der Wüstenstraße, zerfressene Kanister, Autoreifen,

Autowracks und Abertausende von kleinen Plastiksäcken, verfangen in niederem Lilagestrüpp. – Wenn man, was die Beschaffung von Arbeit betrifft, schon so einfallsreich ist, so gäbe es hier, fand ich, noch ziemliche Möglichkeiten. Ich mußte erst einen Lastwagen sehen, der sich am Straßenrand entleerte, um meinen Irrtum zu bemerken: Was hier für mein Empfinden nach Entsorgung schrie, das wurde hier entsorgt und endgelagert. In den Hallen von Kairos Flughafen standen zwar etliche Glasbehälter, pyramidenförmig, mit einem Geldschlitz versehen und mit der siebensprachigen Aufschrift: IHR BEITRAG ZUR RETTUNG DER UMWELT ÄGYPTENS, aber die ankommenden Gäste warteten die Umwelt erst ab, die abfliegenden hatten sie hinter sich, so daß aus diesen Pyramiden nichts Rettendes wachsen konnte.

Vor Suez – Ölraffinerien, Trabantensiedlungen im Wüstensand – wurde mir bang, in Suez noch banger. Ich ging durch schlechte Luft und suchte das Hotel BEL AIR, laut Reisehandbuch sauber, freundlich und zentral gelegen. Ein rostiges Raupenfahrzeug war gerade dabei, die letzte noch stehende Mauer davon niederzureißen. Im schwärzlichen WHITE HOUSE, ganz in der Nähe, fand ich ein Zimmer und aß zur Stärkung ein Hühnchen, und danach ging ich durch die Straßen der erschütternd verkommenen Stadt. Schutt, Pfützen, Unrat, Baustellen überall, unfertige, unverputzte, aber bewohnte Gebäude mit Betonpfeilern zuoberst, die samt der Stahleinlagen in den lädierten Himmel ragen. Die Stadt ist ein Spuk und auf den ersten Blick so häßlich, daß man auf einen zweiten keine Lust hat. Was mir als einziges angenehm auffiel, war das Fehlen von Touristengruppen, ich habe in Suez nicht einen Touristen gesehen und folglich auch keine einzige dieser unsäglichen Känguruhtaschen oder Känguruhbeutel, die diese Menschen sich an ihre Bäuche schnallen und die das Straßenbild der besuchteren Orte negativ prägen. Sonst aber, wie gesagt, ist Suez trostlos und soll es, frühen Zeugen zufolge, schon immer gewesen sein, schon zu Heinrichs Zeiten, und trotzdem hatte Heinrich mit Frau und Kindern hier gewohnt, etwa fünf Jahre lang, und obwohl ich jetzt da war, gelang es mir nicht, ihn zur Erscheinung zu bringen, er war mir ferner als irgendwo und je.

In einem kleinen Teehaus bestellte ich Tee, und ein hellblau gewandeter Mann bereitete ihn zu, so behutsam und gelassen, wie er ihn brachte und wie er mich fragte, was mich nach Suez führe. Ich erklärte die Gründe mit Eifer und Ausführlichkeit, denn seine Züge verrieten Interesse, und fast flehend fragte ich ihn zum Schluß, ob es in El Shalûfa jemals ein Salzwerk oder Ähnliches gegeben habe und allenfalls noch gebe. – Es sei möglich, sagte er, wandte sich ab und um und sprach auf einmal, ohne die Stimme zu erheben, Arabisch. Nach einer Weile kam Antwort aus einem düsteren Winkel des Raums, stoßweise, kehlige Laute, ich sah jetzt die Umrisse eines offenbar sehr alten Mannes, der eingesunken vor einer Wasserpfeife saß, und ich entnahm den Augen des Gastgebers, daß die vernommene Kunde bedeutungsvoll war. Aber er ließ sich Zeit, trotz oder wegen meiner Ungeduld, bis er in seinem ungewöhnlich klaren Englisch sagte, daß sich sein Urgroßvater, wenngleich nur dunkel, an etwas Salziges in der Gegend von Shalûf erinnere.

Eine Stunde später saß ich mit dem Gastgeber – Ahmad hieß er und war, wie er sagte, ein schülerloser Englischlehrer – und dem Besitzer eines gelben und hochbetagten Chevrolet-Kleinlasters zusammen in der Führerkabine, beengt und durchgeschüttelt, aber guten Mutes. Ihn trübte auch Ahmads Hinweis nicht, daß unser Ausflug Risiken berge, da El Shalûfa, wie die gesamte Zone entlang des Suezkanals, militärisches Sperrgebiet sei. Dies war auch der Grund, warum meine Begleiter die alte, schmale, kaum noch befahrene Straße von Suez nach Ismailiya wählten, auf welcher, anders als auf der neueren Straße, die die Ausländer benutzen müssen und nirgends verlassen dürfen, keine Kontrollen drohten. Schlaglöcher, Eselskarren, Ziegen und Hühner verlangsamten unsere Fahrt. Zur Linken begleitete uns das Rinnsal des Ismailiya-Süßwasserkanals, zur Rechten der Suezkanal, dessen Uferwälle ihn aber unsichtbar machten. Nach einigen Kilometern erst gab eine Lücke in der Aufschüttung den Blick auf ihn frei, auf ihn, von dem ich seit früher Kindheit gehört hatte, und obwohl ich inzwischen wußte, daß mein Ururgroßvater am Bau dieses Wunders in der Wüste nicht nur nicht *maßgeblich*, sondern überhaupt nicht beteiligt gewesen war, riß mich der Anblick hin. Die Breite des Kanals war nur imposant, überwältigend aber das eigentümliche und leuchtende Tiefblau des Wassers. Ich äußerte den Wunsch, ein Foto zu machen, und bat den Fahrer anzuhalten, was er nicht tat. Ahmad zeigte hinauf zum Grat des Walls, der sich neben der Schneise wieder erhob, ich sah einen Helm und den Lauf eines Maschinengewehrs.

Nach einer Stunde – die Entfernung von Suez nach Shalûf beträgt knapp fünfundzwanzig Kilometer – erreichten wir das südliche Ende des Kleinen Bittersees, und das bedeutete, daß wir zu weit gefahren waren und Shalûf übersehen hatten. Man kehrte um. Nach einer Weile begann man zu fragen. Ein Fellache am Straßenrand zeigte nach Westen, ein anderer eher ostwärts. Allmählich wurde klar, daß Shalûf kein kompakter Ort war, sondern aus verstreuten Gruppen ärmlicher Lehm- und Backsteinhütten bestand. Wir stiegen irgendwo aus. Ahmad streckte sich, glättete gemessen sein blaues Gewand und sagte: Shalûf, here Shalûf. – Ich schaute mich ungläubig um, suchte die sandige Landschaft nach einem Bergwerk ab, nach einer Salzfabrik, nach den Ruinen einer Salzfabrik – nichts. Hingegen hatte Ahmad jetzt etwas entdeckt, womit er mich zu befriedigen hoffte, nämlich ein ausgetrocknetes Pfützchen, über das eine Salzkruste kroch. – Salt, sagte er, here salt. – Er tat, zumal es Abend wurde, als sei die Mission erfüllt. Ich war nicht seiner Meinung, ich wollte noch den Bahnhof sehen, die Bahnstation Shalûf und den nordwestlich davon gelegenen Hügelzug, wo sich das Salzwerk Heinrichs befunden haben mußte. Wir fanden sie, die Station, nach vielem Fragen und längerem Fahren auf kaum passierbaren Wegen. Sie sah so aus, wie sie wohl immer ausgesehen hatte, schwermütig und verlassen. Auf der einen Seite der beiden Geleise stand das Wärterhäuschen aus Backstein, zu dessen erhöhtem Dienstraum eine hölzerne Treppe führte, auf der anderen Seite befand sich eine Rampe mit Unterstand, auf welcher ich Heinrich hin und her gehen sah, leicht hinkend und langsam. Er trug einen roten Fez, was allen Staatsbeamten vorgeschrieben war, sowie einen fakultativen, schon angegrauten Vollbart. Die Kleidung wirkte schlicht, für einen Generaldirektor sogar schäbig. Die Jacke zum Beispiel, zahlreiche Rümpfe zeigten es, war ihm entschieden zu eng, und auch die Hose drohte zu bersten. Sein Gesicht aber, soweit ich es erkennen konnte, schien Selbstbewußtsein auszudrücken und eine direktorale, also fast finstere Entschlossenheit. In der Abendsonne blinkte die Kette der Taschenuhr, auf die er von Zeit zu Zeit einen Blick warf, doch ließ die Eisenbahn, die ihn nach Suez zu den Seinen bringen sollte, auf sich warten. – Ich wollte ein Foto machen, aber der Wärter stand schon oben auf der Treppe und rief etwas herunter, das ich auch ohne Übersetzung Ahmads – Fotografierverbot, da militärisches Sperrgebiet – verstanden hätte, nur war ich jetzt, vor allem weil ich weit und breit kein MG sah, nicht willens, mich zu fügen. Ich ging zum Wärterhäuschen, stieg die Treppe hoch, drückte dem Wärter freundlich die Hand und danach etwas *in* die Hand, worauf er die Sperre aufhob. Als ich mich umdrehte, um gleich von der Plattform aus ein paar Bilder zu machen, entdeckte ich am nordwestlichen Horizont einen niederen Hügelzug, dorthin zog mich jetzt alles. Zum Glück ließ sich die Unlust meiner Führer durch eine Aufstockung des Honorars ein wenig mildern. Stumm fuhren wir hügelwärts, dem Mittelpunkt von Heinrichs Wirksamkeit entgegen, bis wir auf halbem Weg von einem Schlagbaum und vier Soldaten aufgehalten wurden. Es war unangenehm, man schien mich verhaften zu wollen. Ein Ausländer in der Einöde von Shalûf! Auf einmal begriff ich, wie verdächtig ich war, auf einmal wurde mir bewußt, daß die Hügel, die Heinrich ausgehöhlt hatte, jetzt vielleicht Fliegerabwehrraketen bargen. Ahmad sprach lange und ruhig, wahrscheinlich gelang es ihm, mich glaubhaft als ahnen- und salzsuchenden Spinner zu schildern, denn am Schluß seiner Ausführungen lachte die Wachmannschaft, nahm meine Zigaretten an und ließ uns ziehen, freilich nicht in die Richtung, die mir am Herzen lag, nicht zu den Hügeln, wo ich – dies war mein Minimalziel – ein Klümpchen Bluntschli-Salz hätte ausscharren wollen.

Früh und verbittert ging ich zu Bett, matt stand

ich auf. Es war ein Zufall, daß ich bei meiner Suche nach einem Kaffeehaus am Ministerium für Information vorbeikam. Ich wurde wach. Wo, wenn nicht hier, war mir zu helfen? Und wirklich, man reichte mich hilfreich von Hand zu Hand, nur wußte man betreffend Salzabbau und Salzfabrik in El Shalûfa nichts. – Wurden die Salzblöcke von Shalûf, sei es per Bahn, sei es per Kahn, zur Verarbeitung vielleicht in die Stadt gebracht, und stand die große Salzfabrik, die Heinrich leitete, also vielleicht in Suez? – Man wußte es nicht, es gab Stimmen dafür und dagegen. Meine Frage, ob es denn *heute* eine Salzfabrik gebe in Suez, bejahte nur eine Minderheit, und ich entschloß mich beim Morgenkaffee, das Salzkapitel abzuschließen und sofort aufzubrechen zu neuen, süßeren Ufern.

12

Da die Farben lasierend aufgetragen waren, Schicht für Schicht, hatte die Leinwand nicht gerollt werden dürfen, sondern war auf einen Keilrahmen gespannt, für den Transport in Wachstuch eingeschlagen und mit Hanfschnur umwickelt worden. Nie wieder auf seinen späteren Reisen hat Heinrich einen Gegenstand so scharf bewacht wie sein Bild, und wenn die Postkutsche vor einer Herberge hielt, nahm er es mit in den Schankraum, auch wenn die Kutsche nach einer Stunde weiterfuhr. Kein Hausknecht durfte es berühren, und in den Nächten stand es neben seinem Bett. Als der Kurierwagen nach fünftägiger Reise rasselnd in Zürich einfuhr, war das Bild unversehrt, aber Heinrichs Herz gepreßt. War ihm Elise noch gut? Nahm sie ihm übel, daß er die Absicht, Ende Juni heimzukehren, plötzlich geändert hatte und einen Monat länger als geplant geblieben war? Gab es einen Grund für die Knappheit ihrer letzten paar Briefchen? Würde ihn seine Mutter, die inzwischen in eine Stadtwohnung gezogen war und ein Zimmer für ihn bereithielt, nicht einengen und seine in Paris erworbene Selbständigkeit mit ihren Ratschlägen antasten? Und wollte er sich wirklich auf jene Art beruflicher Tätigkeit einlassen, die vorgesehen war, obwohl er nach Respektablerem strebte?

Die Mutter empfing ihn mit offenen Armen und mit dem Ratschlag, seinen weißen Pariser Filzhut in Zürich nicht mehr zu tragen, da er damit zu sehr auffalle. Nachdem er die Koffer und das Bild in seinem neuen Zimmer abgestellt hatte, sagte die Mutter schnuppernd: Jesus, du hast dich parfümiert! – Nein, sagte Heinrich, aber ich rieche es auch. – Beim Auspacken der Koffer zeigte es sich, daß zwei der vier Parfümfläschchen, die er für einen halben Monatslohn und für Elise gekauft hatte, zerbrochen und in den Baumwollnachtrock ausgelaufen waren, in den hinein er sie gebettet hatte.

Später, Heinrich hörte schläfrig zu, nannte die Mutter die Zeit eine Notzeit. Alles sei böser geworden im Jahr seiner Abwesenheit, es herrsche allenthalben Mangel und große Teuerung, und zum Elend trage noch bei, daß das mechanische Zeug sich ständig vermehre und vielen die frühere Arbeit raube, kurzum, die Menschen, zumal auf dem Lande, verarmten in Scharen, und immer mehr verließen die Heimat, um Heil und Brot in der Fremde zu suchen. Will's Gott, sagte die Mutter, daß meinen Söhnen solch Ungemach erspart bleibt und daß sie rüstig genug sind, der Ungunst der hiesigen Lage zu trotzen, und da bekanntlich aller Anfang schwer ist, will ich ihn dir und Conrad erleichtern. – Wie denn? fragte Heinrich und unterdrückte ein Gähnen, und die Mutter sagte, daß sie bereit sei, auf einen Teil des väterlichen Erbes, an dem ihr, wie er wisse, die Nutznießung zustehe, zu verzichten und einen rechten Batzen beizusteuern zur Gründung der geplanten Fell- und Lederhandlung, in die sie Vertrauen habe: Conrad sei Gerber und Heinrich Kaufmann, und somit seien die Gebrüder Bluntschli – sie sehe schon das Firmenschild vor sich – ein ideales Gespann, zu dem sich Carl, der Jüngste, vielleicht auch noch gesellen werde.

Heinrich dankte der Mutter. Er sagte nicht, daß er mit seinen Brüdern Mühe habe, daß Conrad ihm zu ungehobelt und Carl zu aufgeblasen sei. Und er verschwieg, wie wesensfremd ihm Leder war, wie wenig es ihn reizte, mit einem Material zu handeln, aus dem man Metzgerschürzen und Stiefel herstellte, wo ihm der Sinn doch – nach wie vor – nach Seide stand. Auf jeden Fall, sagte er sich, bedeutet die Hilfe der Mutter, daß einem endgültigen Jawort von Elises Eltern und Elise selbst jetzt nichts mehr im Weg steht, und das ist fürs erste am wichtigsten. – Was Elisabetha angeht, sagte die Mutter, die seine Gedanken wie immer gelesen hatte, so wäre sie mir, falls du sie in der Fremde nicht aus dem Herzen verloren hast, eine willkommene Tochter, nur würde ich raten, noch etwas zuzuwarten. Denn unerquicklich ist im Augenblick nicht nur die Wirtschaftslage, unerquicklich und bedrohlich ist auch die politische Krise im Land, die sich seit meinem letzten Brief an dich verschärft hat, so sehr, daß man befürchten muß, die Spannung könnte sich in einem Bruderkrieg entladen. Die sieben erzkatholischen Kantone, die einen Bund im Bund geschlossen haben, tun so, als gehörten sie nicht mehr zur übrigen Schweiz, deren freierer Entwicklung sie feind sind. Und sie beweisen ihre drohende Haltung, indem sie, wie man hört, die kriegerische Rüstung vermehren. Vor kurzem nun, am zwanzigsten Heumonat, um genau zu sein, hat die liberale Mehrheit in der obersten Landesbehörde beschlossen, den Sonderbund für aufgelöst, da bundeswidrig, zu erklären, allein, die betroffenen Stände verlachen, wie man hört, den Beschluß der hohen Tagsatzung und weigern sich auch, die Jesuiten, die, wie man sagt, den inneren Frieden des Vaterlandes und den gesellschaftlichen Fortschritt am meisten gefährden, aus ihrem Gebiet zu entfernen. So ist es. Das Land ist geteilt in zwei verbitterte Lager, und da man mit dem Schlimmsten rechnen muß, scheint es mir wenig rätlich, zum jetzigen Zeitpunkt einen Hausstand zu gründen.

Heinrich war plötzlich wieder wach, teils weil ihn das Vernommene erregte, teils weil er staunend wahrnahm, wie hübsch und geistesfrisch seine Mutter noch war. Er liebte ihre geröteten Wangen, ihr Haar, ihr besonnenes Wesen. Er schlug mit der Faust auf den Tisch. – An mir soll es nicht fehlen, rief er, ich bin bereit, den Irrgängern eins auf den Deckel zu geben, und anschließend heirate ich, willst du mein Brautgeschenk sehen? – Lange betrachtete die Mutter das von drei Öllämpchen erleuchtete Bildnis des Sohns, und sie rühmte es und sagte mehrmals bewegt, es sei ihr, als schauten sie die Augen seines Vaters an. Nun fehle nur noch ein würdiger Rahmen aus Pappelholz, den wolle sie stiften. – Heinrich sagte, er habe eher an einen goldenen Rahmen gedacht. Die Mutter runzelte die Stirn. Heinrich sagte verlegen, er meine nicht einen Rahmen aus Gold, nur einen vergoldeten. – Seltsam, dachte sie, er ist Kaufmann und scheint den Preis für Blattgold nicht zu kennen. – Wie wäre es, fragte sie, wenn wir den Rahmen goldfarbig streichen ließen und jetzt fürs erste einmal schlafen gingen?

Er blieb bis gegen Mittag im Bett. Sie störte ihn nicht und dachte an seine Reisestrapazen. Als er auch anderentags den schönsten Sommermorgen verschlief und für den Rest des Tages träumend im Schlafrock herumsaß, der intensiv nach Flieder und Maiglöckchen roch, fragte sie ihn, ob er krank sei. – Warum denn? fragte er. – Nun, sagte sie, es könnte ja sein. So wie es sein könnte, daß jemand sehnlich auf dich wartet. – Aber Heinrich ließ noch zwei weitere Tage verstreichen, bevor er das Dampfschiff bestieg, und nach der Ankunft in Richterswil war ihm so beklommen zu Mute, daß er an Umkehr dachte. Statt dessen trank er im *Engel* ein Schöppchen oder zwei, worauf er sich leichter fühlte und auch die Wiedersehensfreude wieder spürte, die von der Sorge, daß Elises Liebe erloschen sein könnte, wie abgewürgt worden war. Aber als er dem Dorfbach entlang hinauf zur Landstraße gehen wollte und feststellen mußte, daß es den Dorfbach nicht mehr gab, daß der

Dorfbach unter einer neu angelegten Straße einfach verschwunden war, sah er sich schon wieder entmutigt, denn er nahm es als Zeichen für die Unbeständigkeit aller Verhältnisse. Zum Glück gab es den Schmittenbrunnen noch, von dem auch die Bäckersfamilie Schmid ihr Wasser bezog, und zum Glück saß auf der Mauer, die den Brunnenplatz einfaßte, nicht die gesamte Richterswiler Jugend, sondern nur eine blasse junge Frau, die, als er näher kam, noch blasser wurde, dann aber, als er vor ihr stand, die Farbe wechselte, aufsprang und sich in seine Arme warf.

Und Arm in Arm wäre das Paar zum nahen Haus *am Spielhof* gegangen, der heute *Rabenplatz* heißt, wenn Heinrich nicht darauf bestanden hätte, beide gefüllten Zwölfliterkessel zu tragen. Er empfand sie als leicht, und er empfand Elise, die ihm wenige Schritte vorausging, auch von hinten als Inbegriff. Zwar waren ihre Zöpfe weg, doch er vermißte sie nicht, im Gegenteil, der blonde Knoten, den sie im Nacken trug, kam ihm verlockender vor, und die Hüften wirkten so plastisch wie nie, fast hätte er vor Verlangen die Zähne gefletscht. – Er konnte sich nicht erinnern, daß sie, die es nicht mochte, wenn er trank, ihm jemals Wein gereicht hätte, jetzt aber, in der Küche, tat sie es, und ihr Willkommenstrunk nahm ihm die letzten Zweifel, ob er auch wirklich willkommen sei. Den eigentlichen Grund für ihre Geste brauchte er nicht zu kennen, Hauptsache war, daß sie aus Liebe geschah, wenn auch aus indirekter: Elise hatte bemerkt und gerochen, daß Heinrich nicht ganz nüchtern war, und da kein Zweifel bestand, daß auch ihr Vater es riechen würde und den fatalen Schluß daraus zöge, sein möglicher Schwiegersohn sei eine jener Existenzen, die schon am Morgen wirtshäuselten, hatte Elise den Einfall gehabt, ihm einen Haustrunk vorzusetzen. – Sie waren nicht lange allein, sie saßen am Tisch, überließen einander die Hände und wußten wenig zu sagen.

Beim Mittagessen machte er eine gute Figur. Nicht nur erzählte der sonst so wenig Mitteilsame farbig und wortgewandt von Paris, er kam auch auf die mißliche Lage im eigenen Land zu sprechen und kommentierte sie mit so besonnener Besorgnis, daß Mutter Regula und Vater Johannes sich einen Blick zuwarfen, mit dem sie sich bedeuten wollten, daß man die Vorbehalte betreffend Heinrich als Schwiegersohn wohl fahrenlassen könne. Aber der Bäcker war wachsam genug, um Heinrich trotzdem noch zu fragen, wie es beruflich mit ihm weitergehe. – Fell- und Lederhandel, sagte Heinrich, sein Geschäft sei so gut wie gegründet, und Absatzschwierigkeiten würde es kaum geben, im Unterschied zum Feintextilsektor, der von der ausländischen Konkurrenz aufs schärfste bedroht sei. – Wohlan, sagte Johannes aufgeräumt, dann wird man jetzt das Nötige ins Auge fassen und in die Wege leiten können, nicht wahr, Elise? – Elise errötete, Regula wischte sich eine Träne ab, und Heinrich hörte sich nach einer Pause sagen, daß er es nicht für rätlich halte, in dieser wirren Zeit, wo er vielleicht in Bälde für den Bestand des Vaterlandes kämpfen und notfalls fallen müsse, einen Hausstand zu gründen. – Elise wurde sehr blaß, Heinrich verstand sich selber nicht, Regula wischte sich eine Träne ab, und Vater Johannes war so angetan von Heinrichs Reife und Weitsicht, daß er im Keller einen Richterswiler holte, einen Vierunddreißiger, einen Jahrhundertwein.

Den August verbrachte Heinrich damit, ein passendes Geschäftslokal in Zürich zu suchen. Er fand es an der Münstergasse. Auch knüpfte er Kontakte mit möglichen Lieferanten, mit Gerbern aus der näheren und weiteren Umgebung. Daß er trotz dieser Tätigkeiten selten zur üblichen Zeit aufstand, bemerkte die Mutter mit Sorge, und da auch Conrad, der andere Sohn, der unregelmäßig auftauchte, um sich mit Heinrich zu bereden und zu streiten, in ihrer Wohnung nicht einfach schlief, sondern ausschlief, nahm sie die Bärenhäuter ins Gebet, und zwar mit Strenge und leidlichem Erfolg.

Im September wurde es ernst. *Mit Hinsicht auf eine möglicher Weise eintretende bewaffnete Vollziehung des Tagsatzungsbeschlusses vom 20. Juli laufenden Jahres betreffend den Sonderbund* erließ der Kriegsrat des Standes Zürich ein für alle Dienstpflichtigen geltendes Verbot, den Kanton zu verlassen. Ab sofort und bis auf weitere Verfügung würden keinerlei Reisepässe oder Wanderbücher mehr an sie ausgestellt, hieß es weiter auf dem Plakat, das Heinrich mit Erregung las. Er rannte heim und rief, es gehe los. Man hätte meinen können – und die Mutter meinte es wirklich –, die feindlichen Sonderbundstruppen seien im Anmarsch auf Zürich. – Aber einstweilen blieb es bei wachsender Spannung noch ruhig. Zweimal im Verlauf der folgenden Wochen wurde Heinrich zu militärischen Übungen aufgeboten, zweimal besuchte er Elise. Noch klang ihr stiller kurzer Schreck darüber, daß es dem Bräutigam auf einmal nicht mehr eilte, in ihr nach, und trotzdem, vielleicht sogar deswegen, verhielt sie sich so liebevoll und so besorgt wie nie zuvor und wie es fast geboten ist in einer Zeit, wo jede Stunde des Zusammenseins die mögliche letzte sein kann.

Am sechsundzwanzigsten Oktober des Jahres achtzehnhundertsiebenundvierzig, es war Dienstag und regnete, rückte Heinrich um acht Uhr morgens reglementarisch bekleidet und bewaffnet in die Kaserne Zürich ein. Kurz zuvor war Henri Dufour zum General der eidgenössischen Armee ernannt worden, und kurz danach erfolgte die Ernennung Heinrichs zum *2ten Unterlieutenant* der Infanterie sowie der Beschluß der obersten Bundesbehörde, den Sonderbund der sieben renitenten Stände mit Waffengewalt zu sprengen. – *Es ist der Ruf des Vaterlandes, der an unsere Wehrmänner ergangen ist. Freudig sind sie diesem Rufe gefolgt, begeistert von dem Gefühle der Ehre, der Treue an den Miteidgenossen und der Liebe zum Vaterlande.* – Totenstill war es auf dem Kasernenplatz, als der Bataillonskommandant die Kundmachung des Bürgermeisters und des Regierungsrats von Zürich verlas. – *Tragen wir alle freudig die Opfer, die das Vaterland von uns fordert.* – Hier nickte und brummte die Truppe so freudig wie möglich. Lauter, aber nicht laut wurde es erst nach dem Schlußwort: *Ist auch die Gegenwart trübe, schweben auch dunkle Gewitterwolken über unserm Haupte, nur muthig vorwärts geschaut und auf Gott vertraut! Der Gott, der das Vaterland schon aus so manchem Sturme gerettet, wird auch jetzt seine allmächtige Hand über demselben walten und ihm wieder eine schönere Zukunft erblühen lassen!* – Jetzt jauchzten ein paar wenige, streckten ihr Vorderladergewehr den Gewitterwolken entgegen, rissen sich mit der anderen Hand den schwarzen Tschako vom Kopf und winkten damit herrgottwärts, worauf der Bürgerkrieg beginnen konnte und begann.

Ob Heinrich zum Schuß kam, weiß ich nicht. Ob er getötet hat, will ich nicht wissen. Ich weiß nur, daß der Bruderzwist mit brüderlicher Schonung ausgefochten wurde, denn von den hundertdreißigtausend Mann, die beidseits unter Waffen standen, fielen nur einhundertundvier. Und ich weiß ferner, daß Heinrich, schon gegen Ende des kurzen Kriegs, das Glück hatte, in einem der zwei Zürcher Bataillone zu sein, die nach Richterswil verlegt wurden, an die Grenze zum feindlichen Kanton Schwyz, und dort auf einen Spezialeinsatz zu warten hatten. Die Mehrheit davon logierte privat, und naheliegenderweise bezog Heinrich in Elises Elternhaus Quartier, zusammen mit Unterlieutenant Heinrich Muschg, dem besten seiner Kameraden, der beim Eintreffen vor dem Schmidschen Haus von sich aus erklärt hatte, er wolle noch ein Weilchen draußen bleiben und komme dann nach, womit er Heinrich zu einem ungestörten Wiedersehen mit der Braut verhelfen wollte und verhalf. – Elise war allein im Bäckerladen, als er in voller Militärtracht eintrat, und sie erkannte ihn erst auf den zweiten Blick und stand auch dann noch wie gelähmt, so überrascht und tief beeindruckt war sie von Heinrichs Erscheinung. – *Er stellte etwas dar in seinem herrlich blauen Ehrenkleid der Heimat*, hat Elise noch als Greisin gesagt, und ihre Enkelin hat es als Greisin im blauen Heft zitiert. – Nach der Umarmung erst löste Heinrich den Kinnriemen und nahm den Tschako ab. Elise befühlte den steifen, hohen Helm aus Filz und Leder, befühlte dann auch Heinrichs Seitensäbel und zog ihre Hand erschrocken zurück, als sanft an die Tür geklopft wurde und der andere Heinrich eintrat. Nicht ohne Stolz stellte ihm Heinrich seine Braut vor und seiner Braut den Freund und Waffengenossen, und nach dem raschen Bezug der gemeinsamen Kammer eilten die beiden zurück zum Sammelplatz am See.

Am Abend und in der Nacht ging es hoch her und zu in den zahlreichen Gasthäusern und Schenken, wobei sich die Soldaten der Appenzeller Schützenkompanie, die ebenfalls im Dorf vor Anker lag, besonders vernehmlich machten, indem sie so ausdauernd jodelten, daß Muschg um Mitternacht erklärte, die Inbrunst bringe ihn um, er gehe schlafen. Heinrich schloß sich an. – Du, fragte er auf dem Heimweg, wie gefällt dir Elise? – Vortrefflich, sagte Muschg, sie sieht aus wie ein Ritterfräulein, nur irgendwie solider. Hast du manchmal ein wenig Angst vor ihr? – Ich habe manchmal das Gefühl, sagte Heinrich, daß ich nicht so ganz der bin, den sie haben möchte, aber ich gebe mir Mühe, ich liebe sie ja. – Sie liebt dich auch, ich habe es gesehen, sagte Muschg, und wenn sie dich nur halb so zart anfaßt wie deinen Säbel, wird es schon klappen.

Anderntags vernahmen die Truppen mit Jubel, daß nach dem Kanton Freiburg soeben auch Zug sich ergeben habe, daß die Hauptoffensive gegen die stärkste Bastion des Sonderbunds, nämlich Luzern, bevorstehe und daß sie, die Truppen, nach Richterswil verlegt worden seien, um von hier aus einen machtvollen Scheinangriff auf den benachbarten Kanton Schwyz zu führen, damit die dortigen Truppen in Atem gehalten und daran gehindert würden, den bedrängten Luzernern zu Hilfe zu eilen. – Trotz oder wegen der ernsten Lage wurde am Abend wieder gejodelt, allerdings nur bis zehn, ab dann galt befohlene Ruhe. Heinrich und Heinrich hatten im *Raben*, der aus der Asche neu erstanden war, noch einen Schlummertrunk genossen, jetzt saßen sie bedrückt und aufgekratzt zugleich auf ihren Betten. – Es könnte sein, sagte

Muschg, daß die Tambouren schon heute nacht Generalmarsch schlagen, was folgerst du daraus? – Du meinst, wir sollten angezogen bleiben? fragte Heinrich. – Ich schon, du nicht, sagte Muschg, und Heinrich sah ihn verständnislos an. – Nun, sagte Muschg, zirka zwölf Schritte von hier liegt deine Braut, schön aufgewärmt von einem Kirschsteinsack. – Ach so, sagte Heinrich. – Ja, sagte Muschg, tu es. – Schwermütig winkte Heinrich ab. – Unmöglich, sagte er, sie läßt mich nicht, nicht vor der Hochzeit. – Die solltest du auf heute vorverlegen. – Warum auf heute? – Heinrich, sagte Heinrich, eigentlich mag ich es ja, daß du mit höchstens einem Bein im Leben stehst, aber laß mich das Nötige trotzdem sagen: Vielleicht sind wir morgen schon bleich und tot. – Nach einer stillen Weile zog Heinrich langsam seine Stiefel aus, stand auf, salutierte und machte sich auf die Socken.

Am Morgen des vierundzwanzigsten Novembers überschritt seine Einheit zusammen mit anderen Truppenverbänden die Grenze zum Kanton Schwyz, und abends war der Scheinangriff beendet. Während die Schwyzer den Verlust eines Pferdes beklagten, verloren die eidgenössischen Truppen zwei Mann, wovon der eine, ein Appenzeller Scharfschütze, von der Kugel eines anderen Appenzellers, dessen Flinte beim Stolpern über einen Strunk von selbst losging, getroffen worden war. Heinrich aber blieb unversehrt und hatte nichts mehr zu befürchten, denn am Abend des gleichen

Tages kapitulierte Luzern, in den Tagen darauf ergaben sich kampflos die restlichen Stände des Sonderbunds, womit der Bürgerkrieg zu Ende war. Er zeitigte trotz seiner relativen Sanftheit – zielsicherer ist nie am Feind vorbeigeschossen worden – große Wirkung und ebnete den Weg in eine gründlich neue Landschaft.

Und im Dezember schon, kaum hatte sich der Pulverdampf verzogen, ließ Heinrich sich bei Koch & Pfister in Zürich ein Hochzeitsgewand maßschneidern, das sechsundsechzig Gulden kostete oder gekostet hätte, wenn es bezahlt worden wäre. Es stand ihm gut, und nach der sogenannten *Promulgation*, das heißt der öffentlichen Kundmachung am zweiten Januar des Jahres achtundvierzig, erfolgte dann die eigentliche *Copulation* am rauhen zehnten Januar. Sie fand in der Kirche von Dietikon statt, und Pfarrer Naef, der Nachfolger von Heinrichs Vater, hat sie vollzogen und im *Tauf- Ehen- und Todten-Buch* der Kirchgemeinde Urdorf-Dietikon, dem gleichen Buch, das Heinrichs Vater schon führte, vermerkt und eingetragen: *Cop. 10. Januar in Dietikon: Herr Heinrich Bluntschli von Zürich, Hr Pfarrers sel. Sohn u. Jgfr Elisabetha Pfister von Richtersweil.* – Pfister hieß Elise allerdings nicht, sie hieß bekanntlich Schmid. Hingegen war sie ja die Tochter eines Bäckers, was Pfarrer Naef vielleicht zu seiner Fehlleistung verleitet hat, denn auf lateinisch heißt der Bäcker *pistor*, und dementsprechend hieß der Bäcker früher Pfister. – So oder so, man ist genötigt zu bemerken, daß am Anfang nicht alles stimmte. Ein falscher Eintrag im Trauregister, ein Hochzeitsanzug auf Pump: Wäre man abergläubisch, man müßte beunruhigt sein.

Wie schön und zukunftsfroh klang andrerseits das Verslein, das Elises Lieblingsbruder auf ein efeuumranktes, über dem Hauseingang an der Oetenbachgasse angebrachtes Holzbrett geschrieben hatte:

Willkommen daheim du liebliches Paar
Sei glücklich hienieden auf immerdar!

Und wie freute sich Elise über Heinrichs Hochzeitsgeschenk, über sein Bildnis, in das sie sich förmlich verliebte und dessen goldfarbener Rahmen dem Abgebildeten etwas Verläßliches, hausväterlich Gemessenes verlieh. – Und schließlich – auch dies wird man als gutes Zeichen deuten dürfen –: Wie schlafarm und trunken waren die ersten Nächte, wie erlösend das Ende des Triebstaus.

Zwei Wochen nach der Hochzeit aber starb neunzehnjährig Elises Lieblingsbruder Johannes. Die Erde war gefroren. Heinrich, abgehalten von Zahnweh, fehlte auf dem Friedhof von Richterswil. Der Tod indessen stand hinter einer Hecke und bestimmte die Nächsten: Elises Mutter, Elises älteren Bruder, Elises älteste Schwester. Die Frist war kurz, er holte alle drei im Juni.

13

Vielleicht verdankt sich die Legende von Heinrichs *maßgeblicher* Beteiligung am Bau des Suezkanals einer Art Umkehrschluß. Denn es steht fest, daß der Suezkanal maßgeblich beteiligt war an Heinrichs ägyptischer Laufbahn. – Nehmen wir Ismailiya, zwischen Suez und Port Said in der Mitte des Isthmus gelegen, am nördlichen Ufer des Timsah-Sees, der vom maritimen Kanal in einer ausgebaggerten Rinne durchquert wird. Ismailiya also, nach Vizekönig Ismail Pascha benannt, ist ein Kind des Kanals, erbaut auf gelbem Wüstensand, denn Arbeiter, Kamele, Esel und Fachkräfte, vor allem die letzteren, bedurften der Behausung und einer gewissen Infrastruktur, und nachdem das süße Nilwasser durch den von Kairo aus durch die Arabische Wüste geleiteten Süßwasserkanal Ismailiya erreicht hatte, wurde der Flecken grün, und alle hatten zu trinken, und Ismailiya wuchs, bekam Glanz und war, als der Suezkanal im November achtzehnneunundsechzig eingeweiht wurde, ein anmutiges und französisch anmutendes Städtchen mit ein paar tausend Einwohnern und einem vizeköniglichen Palais und vielen hübschen Villen – die hübscheste gehörte Ferdinand de Lesseps – und selbstverständlich auch mit einem Postgebäude. In welchem Heinrich Bluntschli residierte, denn auf Geheiß des Vizekönigs hatte Signor Muzzi, Italiener und damaliger Generaldirektor der ägyptischen Post, meinen Ururgroßvater zum ersten Postdirektor von Ismailiya ernannt und zum Inspektor des Postwesens im gesamten Kanalgebiet.

Eine graue Katze mit einem schwarzen Schwanz, die tot am Straßenrand lag, am Muhammed Ali Quai, nahm ich als erstes wahr, als ich nach einer Dusche im südöstlich des Zentrums gelegenen Hotel langsam stadteinwärts ging. Als zweites konstatierte ich betrübt, daß der Frischwasser-Kanal, der parallel zum Quai verläuft, sehr unfrisch war und seine Böschung verdreckt. Und dann sah ich zu meiner Rechten, hinter einem niederen Zaun und nur wenige Meter von der Straße zurückversetzt, die Villa von Lesseps, und da ich alte und uralte Abbildungen dieses im Stil eines Chalets erbauten Hauses gesehen hatte, erkannte ich es sofort, obwohl sich nirgends eine Tafel fand, nirgends der kleinste Hinweis darauf, daß es sich hier um den einstigen Wohnsitz dessen handelte, ohne den es Ismailiya nicht gäbe. Das Gartentor war zugesperrt, die Läden geschlossen, aber Anzeichen von Verlotterung waren nicht auszumachen, einzig die fünf Palmen vor dem Haus, deren Stämme weiß getüncht waren, schienen zu kränkeln, zwei waren schon kronenlos und standen wie Minarette.

Keine Gedenktafel für den Vater des Suezkanals! dachte ich im Weitergehen und begrub die heimliche Hoffnung, am oder im hiesigen Postgebäude, das sich ja, wie mir der Vergleich eines Stadtplans aus den Gründerjahren mit dem neuesten von *Baedeker* gezeigt hatte, noch an der exakt gleichen Stelle befand, auf eine Tafel zu stoßen, die an den Vater der *poste maritime* von Ismailiya erinnerte. – Ich hatte dem Vergleich der Pläne auch entnehmen können – und sah es jetzt bestätigt –, daß die Straßen und Plätze im alten Kern der Stadt zwar heute anders heißen, in ihrer Anlage aber fast unverändert sind, und je länger ich umherging, die ehemalige *Place Champollion* – heute *Midan Gumhuriya* – samt Postgebäude bewußt als Höhepunkt aufsparend, umso entschiedener nahm mich der Ort für sich ein, nicht nur weil ich immer wieder auf alte Bauten mit hölzernen Balustraden stieß, auf denen Heinrich und Catherine saßen, umspielt von ihren Kindern Charles, Rodolph, George und Marie, sondern auch der Atmosphäre wegen, die ich als gelassen empfand, fast als verträumt. Es war für mich bald keine Frage mehr, daß Heinrich in dieser ruhigen und grünen Stadt seine glücklichsten Jahre verlebte und daß er später den Tag verfluchte, an dem er das Salz bei Shalûf entdeckte mit den bekannten Folgen. Und dabei hätte er doch, wenn er besonnener gewesen wäre, bis an sein Lebensende in Ismailiya bleiben können. Er hätte nur das Salz verschweigen müssen. Statt dessen hat er es einem Landsmann gemeldet, der Pate seines Sohnes Charles und außerdem noch Gouverneur des Rotmeerküstenlandes war und Werner Munzinger hieß, und Munzinger Pascha hat das Salz dem Vizekönig hinterbracht mit den bekannten Folgen. – Und zirka zwei Jahre vorher schon hätte Heinrich die Stelle bei der Post vertauschen können mit einem lukrativen Posten in der Kanalverwaltung, den ihm Lesseps persönlich anbot und der es ihm ermöglicht hätte, in Ismailiya alt zu werden. Statt dessen hat er, Heinrich, obwohl ihn seine Freunde – am heftigsten die Waadtländer Henri Ducruz, Leiter des Telegraphendienstes des Kanals, und der Uhrmacher Louis Campiche – davon abhalten wollten, den Sieg der deutschen Armeen über die Franzosen mit einem Feuerwerklein gefeiert. *Denn Vaters Herz neigte deutschwärts*, heißt es dazu in Charles' Brief, und Lesseps, der empfindliche Franzose, hat trotz gewisser Bande zu den Bluntschlis prompt reagiert: *Einige Tage nach der Illumination wurde die versprochene Stelle anderweitig besetzt, und Vater blieb bei der Post.* – Man kann die Provokation von Heinrichs Gartenfest nur dann ermessen, wenn man bedenkt, daß Ismailiya damals äußerst französisch geprägt war – ein Drittel der Bewohner waren Europäer, davon die meisten Franzosen – und daß Heinrich selbst zu jener Zeit als Quasi-Franzose galt, als Protegé jedenfalls, da er, sei es aus freiem Willen, sei es gezwungenermaßen, Österreich als Schutzmacht aufgegeben und sich in die konsularische Obhut Frankreichs begeben hatte. – Aber eben, er hat getan, was er nicht lassen konnte, und auf die Meinung der Mitwelt gepfiffen, wovon auch der Umstand zeugt, daß er mit Catherine, der glutäugigen Mutter seiner Kinder, zehn Jahre lang in wilder Ehe lebte, bevor er mit ihr vor den französischen Konsul trat, der seine Schutzbefohlenen auch in Zivilstandsdingen betreute und der das Paar am dritten April des Jahres zweiundsiebzig in Ismailiya zwar nicht vor Gott, doch vor der Welt zum Ehepaar verband. Da Heinrich ein frommer Mann war und dieser Art Trauung vielleicht nicht restlos traute, vermählte er sich neunzehn Jahre später – in Kairo und kirchlich und sicherheitshalber – zum zweiten Mal mit seiner Catherine, was das Stadtzürcher Zivilstandsamt auf Heinrichs Familienkarte allerdings nur mit Bleistift vermerkte und mit der Bleistiftfußnote versah: *Schon die erste Trauung, vor dem französ. Consul in Ismailia, war gültig; alle drei Söhne 2r Ehe sind durch die Trauung ihrer Eltern legitimirt.* – Marie, die Tochter, wird nicht erwähnt, so wenig wie die totgeborene Hermine, und beider Gebeinchen ruhen in Ismailiyas sandiger Erde.

Heinrich blieb also bei der Post, vorläufig, und dieser Post am Midan Gumhuriya näherte ich mich jetzt so, wie sich nach einer alten Weisheit ein Dürstender der Quelle nähern sollte, nämlich nicht schnell. Der Platz ist quadratisch und baumbestanden: ein kleiner Park, um den herum fast kein Verkehr fließt. Ich setzte mich auf eine weiße Bank. Das Posthörnchen im neuesten Baedeker-Stadtplan ist in der nordwestlichen Ecke des Platzes eingezeichnet, wo ich kein Postamt sah, sondern eine hochwüchsige, noch eingerüstete, doch fast vollendete Moschee. Ich stand wieder auf, ging suchend umher, fand einen Mann, der Englisch sprach und der bestätigte, das alte Postgebäude habe dort gestanden, wo die Moschee jetzt stehe, und sei vor etwa sieben Jahren abgerissen worden.

Der Abend war lau, ich saß noch lange, sehr lange auf dem Balkon meines Hotelzimmers und schaute auf und über den Timsah-See, und je mehr er sich, an Licht verlierend, dem Auge entzog, umso vernehmlicher, einlullender und fabulierender wurde sein Wellenschlag:

Damals hat man mich kaum gehört, hörte ich, denn zu groß war der Lärm, zu laut die Festmusik, mir aber ist nichts entgangen, auch in den Nächten nicht, denn Gestade und Stadt waren erleuchtet von ungezählten Laternen und Lampions und abgefeuerten Sternraketen – alles zu Ehren des fertiggestellten Kanals, der, wie es in etlichen Reden hieß, nicht nur ein technisches Weltwunder war, sondern auch sichtbares Symbol der Globalisierung beziehungsweise der Völkerverbindung – der Deutsch-Französische Krieg hat ja erst acht Monate später begonnen –, und alles zu Ehren des alten Lesseps, der auf dem Höhepunkt des Ruhmes stand, wenn auch nicht ganz im Mittelpunkt des Publikumsinteresses, und alles zu Ehren jener, die stets im Mittelpunkt stehen: zu Ehren der hohen und höchsten Ehrengäste, die von Port Said her kommend mit ihren Jachten, Fregatten und Korvetten in Ismailiya anlegten und sich, von Kavallerie flankiert, in immer neuen Zügen durch die lange, von zwei Reihen noch junger Bäume gesäumte Avenue de Mohamed Aly zum vizeköniglichen Palais bewegten, in Galakutschen die einen, zu Pferd die anderen, und manche, zum Beispiel Kaiser Franz Joseph von Österreich und Frankreichs Kaiserin Eugénie – ich erinnere mich an ihren enormen Strohhut – auf Kamelen. Der Kronprinz Friedrich von Preußen samt Anhang marschierte auf eigenen Wunsch und Befehl zu Fuß, Prinz Amadeus von Italien hingegen zog eine Sänfte vor. Der Prinz von Wales sowie Prinz Heinrich von Holland wiederum … – was soll's, es waren alle geladen, die in Europas Ländern Rang und Namen hatten, sechstausend an der Zahl, und dazu eine noch größere Schar an Ober- und Unterhäuptern aus der arabischen Welt, dazu der Schweizerische Bundesrat, der sich durch eine Abordnung vertreten ließ, die aus vier Herren und ihren Attachés bestand – ein Grüppchen übrigens, das auf Eseln durch Ismailiya ritt und durchaus Beachtung fand, da es sich abhob durch Blässe. – Ach Gott und wie auch immer, der Anlaß war gigantisch, ein unvergeßliches Mirakel und Spektakel, nie, nie sonst hat ein Wellenschlag so stolz und festlich geschlagen.

Der Wellenschlag schien einen Augenblick zu stocken, weshalb ich sofort fragte: Hat man auch Bluntschli gesehen? – Freilich hat man, der leicht hinkende hiesige Postdirektor ist ja ein Mitglied des Sonderkomitees gewesen, das verantwortlich war für den Empfang und für die Unterbringung der Gäste in einem der zweitausend Zelte, die auf dem weiten Gelände zwischen See und Süßwasser-Kanal standen und in den Parkanlagen beim Palais, wo auch getafelt wurde an endlos langen Tischen – fünfhundert Köche kochten, brieten und schmorten –, und dein Bluntschli hat ebenfalls viel zu tun gehabt und unter seinem Zylinder geschwitzt, zumal ihn seine Extrafunktion als Inspektor der fünfzig Bedürfnishäuschen aus Schilfrohr zusätzlich in Anspruch nahm, so daß er seine Catherine sogar beim nächtlichen Bankett und Ball oft sitzenlassen mußte, zur Freude der Herren Revilliod, Rieter, Karrer und Fierz, der Schweizer Abgesandten, die trotz ihres vorgerückten Alters und ihrer vom Eselritt beschädigten Gesäße der Reihe nach mit Catherine tanzten, betört alle vier nicht nur von ihrer Schönheit und Jugend – rundum waren Hunderte jung und schön –, sondern vor allem, wie soll ich sagen, vom disparaten Strahlenkranz, der sie umgab, denn ihre Augen verrieten Unberührbarkeit und Sinnenfreude, ihr Tanz war eine anschmiegsame Abwehr. – Während die Herren also mit ihr tanzten oder konversierten, inspizierte Bluntschli die Schilfrohrhüttchen und die ägyptischen Posten davor, und einmal, schon zu später Stunde, stieß er beinahe mit Lesseps zusammen, der schwankend aus einem der Hüttchen trat. Die beiden kannten sich seit längerem – Lesseps war ja der beste Kunde bei der Post –, und trotzdem erstaunte es Bluntschli, daß ihn der freilich Angeheiterte wie einen Busenfreund begrüßte, ein Weilchen mit ihm plauderte, ihn seiner Wertschätzung versicherte und schließlich sagte: Sie haben doch drei Kinder, nicht wahr, und sollte, Gott möge es befördern, gelegentlich ein viertes folgen, so würde es mich freuen, sein Pate sein zu dürfen. – Bluntschli war baff und sprach von großer Ehre, aber bevor er mitteilen konnte, das Kind sei bereits unterwegs, eilte der Alte davon, und Bluntschli sah nur noch die Lichtspur seines schlohweißen Haars. Zurückgekehrt zum Schweizertisch, wo man Catherine, um Eindruck zu schinden, gerade die Audienz geschildert hatte, die der türkische Groß-Sultan Abdul-Aziz-Khan, unter dessen Oberherrschaft Ägypten ja stand, der bundesrätlichen Abordnung vor ihrer Weiterreise hierher in Konstantinopel gewährt hatte und die übereinstimmend als Sternstunde bezeichnet wurde, obwohl sie nur drei Minuten gedauert hat – zurückgekehrt also zum Schweizertisch, erzählte Bluntschli von seiner Begegnung mit Lesseps, worauf alle, das Champagnerglas hebend, gratulierten und erneut von Sternstunde sprachen. Nationalrat Karrer aus Bümpliz meldete lallend den Wunsch an, Taufpate des übernächsten Kindes zu sein, unter der Bedingung, daß es so heiße wie er, nämlich Karl, worauf Bluntschli erklärte, ein Karl oder Charles sei schon vorhanden. – Wie auch immer! rief Oberst Rieter aus Winterthur, wir wollen Ihrer schönen Frau Gemahlin, die unser schönes Vaterland nicht kennt, ein Lied aus unserer Heimat singen, doch was für eines? Ich sammle Vorschläge, meine Herren, und dann wird demokratisch abgestimmt. – Nationalrat und Baumwollkaufherr Fierz aus Meilen gab zu bedenken, daß vor der Abstimmung die Wahl eines Stimmenzählers zu erfolgen habe, und Karrer krähte sofort, er beantrage geheime Wahl. – Wohlan, sagte Rieter, und ich stelle den Gegenantrag, es ist mithin über diese Anträge vorgängig abzustimmen. – Was ist bei Stimmengleichheit? fragte einer. – Ach so, sagte Rieter, wir haben noch keinen Präsidenten, der den Stichentscheid fällen könnte, ich stelle mich zur Verfügung. – Moment, sagte der Delegationschef Revilliod, wer ist hier der Delegationschef? – Wir haben also zwei Bewerber, sagte Fierz, das macht eine vorgängige Abstimmung nötig. – So ging es hin und her, und keiner schien zu merken, daß Catherine nicht auf ihr Geplänkel hörte. Sie saß, seit Bluntschlis Rückkehr an den Tisch, aschfahl und wie versteinert.

Sie freute sich also nicht? fragte ich, da der Wellenschlag eine Kunstpause machte. – Im Gegenteil, das Angebot von Lesseps hat sie entsetzt und empört, und wer vertraut ist mit der Lage, wird sich darüber nicht wundern. – *Le vieillard qui ne se vieillit pas*, hieß es in Ismailiyas französischen Kreisen, und in der Tat war Ferdinand de Lesseps, obwohl damals schon Mitte sechzig, von einer unerhörten Energie und Spannkraft, was ihn, in Kombination mit seinem Ruhm, auch erotisch empfahl. Und selbst auf diesem Gebiet hat sich der geschmeidige Greis als Kapazität erwiesen, und die zwanzigjährige Hélène de Bragard, mit der er sich eine Woche nach der Einweihung seines Suezkanals in der Kapelle von Ismailiya hat trauen lassen, konnte sich kaum beklagen, es sei denn darüber, daß seine nimmermüden Lenden sie in den Folgejahren zur zwölffachen Mutter machten. – Wie auch immer, im Sommer vor der Einweihung, im Sommer neunundsechzig, war Hélène noch in Paris, und Bluntschli war in London, um im Auftrag der ägyptischen Regierung vier kleine Schraubendampferchen zu kaufen, die als Postschiffe zwischen Ismailiya und Port Said verkehren sollten und später auch verkehrten. Kurzum und ohne Details: Lesseps hat es in dieser Zeit verstanden, sich Catherine, der dunklen Schönheit, auf die sein Falkenauge von ferne schon seit längerem gerichtet war, erst väterlich und dann so weit zu nähern, daß sie fast wider Willen in sein Magnetfeld geriet und fast ohne zu wissen, wie ihr geschah, an seine silberne Brust. Das Ergebnis, das bei der Eröffnung des Suezkanals noch kaum erkennbar war, hat dann Marie geheißen, und Bluntschli, arglos von Natur, hat nicht groß nachgerechnet und sich über die Tochter gefreut und nicht verstehen können, warum sich Catherine gegen Lesseps als Taufpaten sträubte. Doch Lesseps hat Marie am Taufstein gehalten, und als sie kaum dreijährig starb, hat ihre Mutter sich trotz tiefer Trauer auch befreit gefühlt.

Ich stand benommen auf, trat ans Geländer des Balkons, horchte und starrte hinaus auf den schwarzen Spiegel des Sees. – Gibt es für all das eine Quelle? rief ich mit matter, statt mit scharfer Stimme. – Eine Quelle? Muß es denn immer eine Quelle sein? Genügt dir ein Wellenschlag nicht?

In kurzen Intervallen schaltete sich der Kühlschrank im Zimmer ein und aus, und jedesmal, wenn er zu brummen begann oder zu brummen aufhörte, ging ein Zittern durch ihn, und die Flaschen klirrten gedämpft. Sobald nichts brummte oder klirrte, vernahm ich, was noch peinigender war, das sich nähernde Sirren einer Mücke, lauernd lag ich im Bett und wartete, bis sie sich niederließ auf Augenbraue, Wange oder Ohr, schlug zu mit flacher Hand, lauschte, hörte sie weitersirren, hörte den Kühlschrank, schlief kaum. Schwergliedrig, als stünde Schnee bevor, stand ich am Morgen auf und frühstückte mit Blick auf den Timsah-See und die Karawane von Frachtern, die ihn weit draußen entlang der Linie des Horizonts gemessen überquerten. Ich sehnte mich nach Ferne, obwohl ich doch in der Ferne war, und erschrak ein wenig darüber.

Auf dem Muhammad Ali Quai lag noch immer die graue Katze mit dem schwarzen Schwanz. Sie wirkte weniger tot als am Vortag, Fliegen bewegten sich auf ihr herum, und wenn sie sich auf ihre erloschenen Augen setzten, sah es so aus, als schließe sie sie. Ich ging weiter, zielstrebig, und stand bald in der Schalterhalle des neuen Postgebäudes, wo ich einen Angestellten zielstrebig darum bat, mich zum Direktor zu führen, was er nach kurzer Rücksprache mit einem Kollegen auch tat. Man fuhr mit dem Lift in eine obere Etage, es war heiß, die Türen der Büros standen offen, und bevor ich mich richtig sammeln konnte, sah ich mich vorgelassen und von Heinrichs Nachfolger freundlich empfangen. Ich stellte mich auf englisch als Schweizer Ururenkel des ersten Postdirektors von Ismailiya vor und fragte nach der Existenz eines hiesigen Postarchivs und nach eventuell noch vorhandenen Dokumenten aus den späten sechziger und frühen siebziger Jahren des letzten Jahrhunderts. Der Postdirektor schien mit Interesse zuzuhören, nickte mitunter sogar, ließ dann aber durch einen Schreiber im Hintergrund eine Frau holen, die rasch erschien und mich nach meinem Anliegen fragte. Ich wiederholte das Gesagte und zückte, während sie es übersetzte, das Blatt, auf das mein Gönner im Nationalarchiv von Kairo Heinrichs Stationen und Funktionen in arabischer Schrift transkribiert hatte. Es wurde Kopf an Kopf und mit Respekt gelesen, und nach kurzer Beratschlagung rief man nach weiteren Personen. Es waren schließlich etwa zehn, die im Büro des Postdirektors aufs feurigste debattierten, und obwohl es für mich so tönte, als prallten hier zehn unterschiedliche Meinungen aufeinander, kam die Versammlung zu einem einhelligen Schluß und Ergebnis. Die Sprecherin teilte mir mit, daß es in Ismailiya kein Postarchiv gebe, wohl aber ein Postmuseum in Kairo, dessen Direktor mir das Nötige zweifellos vorlegen könne. – Ich nannte den Rat sehr wertvoll, dankte ehrlich gerührt und verabschiedete mich von allen mit Handschlag, ohne es übers Herz gebracht zu haben, ihnen zu sagen, daß ich das Geratene bereits erfolglos getan hatte.

Ich war ja nach dem Besuch des geologischen Museums von Kairo auch noch im Postmuseum gewesen, das pro Woche wahrscheinlich kaum zehn Besucher zählt, weshalb mich der Direktor als Abwechslung empfunden und sofort in Empfang genommen hatte und sofort zum Prunkstück des Museums führte, einem zirka fünf mal fünf Meter großen Wandmosaik aus der Zeit der Jahrhundertwende, darstellend die Pyramiden mit Sphinx und zusammengesetzt aus Abertausenden von kleinen ägyptischen Briefmarken. Ich war beeindruckt gewesen, was den Direktor zwar empfänglich stimmte für meine Bluntschli-Sache, in der er allerdings nicht weiterhelfen konnte, da postalische Akten *von damals*, falls überhaupt, im Nationalarchiv aufbewahrt würden. – Von damals waren wenigstens die meisten Gegenstände im geräumigen Ausstellungssaal, blutrote Briefkästen, Postsäcke aus verläßlichstem Leinen, Modelle von Postgebäuden und Postbüros sowie das Modell eines kleinen Postschiffs, eines englischen Schraubendampferchens, das CATHERINE hieß und dessen Original einst zwischen Ismailiya und Port Said verkehrte.

Nicht unbedingt hängenden Kopfes, aber doch

im Bewußtsein, daß ich das Postkapitel nun eigentlich abschließen konnte, ging ich in Richtung Hotel durch Ismailiyas Straßen und sah mich, am östlichen Stadtrand, plötzlich in einem stillen Nobelviertel. In blühenden und stacheldrahtumzäunten Gärten standen die renovierten Villen derer, die hier in versunkener Zeit auf französisch und danach – in okkupatorischem Ton – auf englisch das Wort geführt hatten, und vielleicht war auch Heinrich in diesem Viertel zu Hause gewesen und hatte seinen Söhnen vielleicht dort, auf jener himmelblauen Holzveranda, das Einmaleins beigebracht, denn er hat seine Söhne selbst unterrichtet, *jeden nach seinen Fähigkeiten*, wie Charles, sein Ältester, bezeugt, der sich in seinem Brief sonst ausschweigt über die Art des Familienlebens. – Ich hätte jetzt gern ein Foto von der Villa Bluntschli gemacht, doch stürmte, bevor ich dazu kam, ein Wächter aus dem Wächterhäuschen, das neben dem Eingangstor stand und das ich leer geglaubt hatte. – No photo! rief er und ließ die Finger schwirren, und ich entfernte mich und blieb vor einem eher niederen, doch breiten weißen Steingebäude mit Säulen und so weiter wieder stehen. War es das vizekönigliche Palais, das sich in dieser Gegend befunden haben mußte und wider Erwarten vielleicht noch stand? – Es war, wie sich zeigte, ein Bauwerk neueren Datums, in dem sich ein archäologisches Museum befand, ein winziges und liebenswertes, es hat mich, während ich darin umherging, nicht befremdet, sondern gefreut, daß sich die Fundstücke aus verschiedenen Kulturen und Zeiten – jedes ein prunkloses Kleinod – in chaotischer Eintracht vermischten: Der pharaonische Skarabäus aus Stein lag neben der römischen Busennadel, und die arabische Parfümphiole stand neben dem griechischen Terrakottafigürchen mit abgebrochenem Phallus. – Ich fragte die Museumsleiterin, bevor ich ging, ob es Ismail Paschas Palais noch gebe, und sie sagte, es stehe im Park nebenan. – Ob es besichtigt werden könne? – Nein, es sei unzugänglich, es sei bewohnt von einem hohen Funktionär der Suezkanalverwaltung. – Ich fragte weiter, wie man ins Innere des Lesseps-Hauses, das meines Wissens als Museum eingerichtet sei, gelangen könne. – Dazu bedürfe es, sagte die Leiterin, einer Sonderbewilligung der Suezkanalverwaltung.

Das Palais war von der Straße aus kaum zu sehen, da von Bäumen und Buschwerk verdeckt, und ich fragte die Hüter des Eisentors, ob ich mich etwas nähern und das Palais von außen anschauen dürfe. Sie holten einen Vorgesetzten in Zivil, der mich sofort und schroff abwies.

Im mächtigen Gebäude der Kanalverwaltung, wo ich in Sachen Lesseps vorsprach, ging es fast ebenso schnell. Eine Dame, zu der man mich unverweilt führte, teilte mir mit, das Lesseps-Haus dürfe nicht mehr besichtigt werden. Gründe konnte sie keine nennen, aber als ich *c'est dommage* sagte, stimmte sie bei und sagte freundlich: *Oui, c'est dommage.*

Am Abend nahm ich die Fähre über den Suezkanal, und drüben setzte ich mich in die Wüste Sinai, gedankenleer und bis es zu dunkeln begann.

14

Die Taue wurden bereits gelöst, und der Kamin des Dampfers sprühte schon Funken, als Heinrich und Elise an der Schiffländе ankamen. Sie gingen als letzte an Bord, und noch ehe sie ihre Erstklaßplätze unter dem blau-weiß gestreiften Baldachin, der als Sonnenschutz über das Heck gespannt war, einnehmen konnten, dampfte der *Republikaner* ab. Heinrich trug den schwarzen Anzug, den er fünf Monate zuvor auf der Hochzeit getragen hatte und der ihn ein wenig beengte, da er, Heinrich, inzwischen etwas zugenommen hatte, und er, der Anzug, noch immer nicht bezahlt war. Und verspätet hatte sich das Paar infolge eines Gezänks, in dem es darum ging, ob man für die Fahrt von Zürich nach Richterswil zweimal zwanzig Batzen oder nur, was Elise vertrat, zweimal vierzehn Batzen auslegen wolle. Erste oder zweite Klasse – das war die Frage, die den Aufbruch verzögert hatte, und wenn auch beide spürten, wie nichtig diese Frage war, sobald man den Grund ihrer Reise bedachte, so brachten sie es doch nicht fertig, von ihr abzulassen, bis sich Elise, geschwächt von ihrem Leid, entnervt von seinen Argumenten – erstens bist du im fünften Monat, und zweitens: wer sind wir denn? – ergab.

Die Abendsonne schien, es stürmte nicht, aber

ein zügiger Wind bewegte den See und das Schiff, und Heinrich, der das Schwanken genoß, legte versöhnlich den Arm um Elises Schulter und sagte leise, damit es die mitfahrenden Passagiere, darunter etliche Pilger, die unterwegs nach Einsiedeln waren, nicht hören konnten, er habe sie gern und wolle sie allzeit beschirmen. – Ach Heinrich, sagte sie nur und lehnte sich an ihn. Er merkte nicht, wie elend ihr war, er schaute hinaus auf den See und fragte nach einer langen Weile: Glaubst du, daß wir das Meer je sehen werden? – Elise, grün im Gesicht, sagte matt, ihr genüge der See. – Und wenig später – die Querschwankung des Dampfschiffs hatte sich verstärkt – stand sie auf, ging, die linke Hand auf den Mund gepreßt, schnell die paar Schritte zum Geländer am Heck und erbrach sich. Heinrich blieb sitzen vor Schreck, sah, wie die Schweizerfahne, an deren Stange sich Elise festhielt, über ihr flatterte, sah, daß der Schiffmann, der die Frachtkähne im Schlepptau des Dampfers zu überwachen hatte, sein Nastuch aus der Hosentasche zog und es Elise gab, die es nahm und sich über Mund und Stirn damit fuhr, und jetzt erst stand Heinrich auf, um ihr zu Hilfe zu eilen, und der Schiffmann grinste auf ihn herab und war sein alter Feind mit vollem Namen Jakob Treichler.

Steif führte Heinrich seine Frau zum Platz zurück, still und steif und ohne ihre Hand zu halten, saß er neben ihr und führte den Umstand, daß es ihr plötzlich besser ging, auf Treichlers Nastuch und Treichlers sehnigen Körper zurück. – Danke, Jakob, hatte sie gehaucht, und das blieb im Ohr.

Endlich, nach zweistündiger Fahrt mit Zwischenhalten, kamen die Blutbuchen am Ufer der Halbinsel Horn in Sicht, der Raddampfer bog ein in die Bucht von Richterswil und legte am Landungssteg vor dem Hotel *Drei Könige* an. Heinrich hatte sich etwas gefaßt und sich auf seine Gattenpflicht besonnen, Elise beizustehen auf ihrem schweren Gang. Scheu und teilnahmsvoll grüßten die Leute. Die eine oder andere Frau kam auf Elise zu und drückte ihr die Hand, und dies bedeutete, daß das Geschehene und Unfaßbare wirklich geschehen war. Am Schmittenbrunnen blieb Elise stehen, japsend und schweißbedeckt, und wusch sich Hände und Gesicht. Dann lächelte sie, zeigte auf ihren Bauch und sagte: Zum Glück und wenigstens ist unser Früchtlein munter.

Vater Johannes, der zähe, kernige und impulsive Mann, wirkte gebrochen und dürr, begrüßte Tochter und Schwiegersohn tonlos, führte sie in die Trauerstube und zog sich zurück. Draußen war es noch Tag, die Stube aber war verdunkelt, vier Kerzen beschienen die zwei Särge, die in der Mitte des Zimmers aufgebahrt waren, und die weißen Gesichter von Mutter und Sohn.

Elise war nicht zu trösten. Sie trat von Mutter Regula zu Bruder Hans Jakob, von Hans Jakob zu Regula, sie schrie die Toten förmlich an, sie warf sich wimmernd in Heinrichs Arme, löste sich wieder und stieß ihn mit den Fäusten weg. Er dankte

Gott, als ihre älteste Schwester eintrat, die Regula hieß wie die Mutter und die Elise an sich drückte und etwas dämpfen konnte, dann aber selbst zu zittern und zu schreien begann. – Ich habe es auch! Herr und Heiland, ich habe es auch! – Was, was hast du auch? fragte Elise, die im gleichen Moment, in dem ihre Schwester die Fassung verlor, ihre eigene wiedergewann. – Das Nervenfieber! rief Regula, es ist als Abspannung in mir, als Schwindel und Kopfweh, genau wie bei ihnen am Anfang! – Du machst dich verrückt, sagte der Vater, der leise ins Zimmer getreten war, um die lauten Töchter um etwas Stille zu bitten. – Es ist jetzt genug gestorben, sagte er, und schwindlig ist uns allen. – Die Töchter schwiegen, und Heinrich schwieg sowieso, und Regula hat recht behalten, ist bald danach bettlägerig und teilnahmslos geworden und keine drei Wochen nach der Bestattung von Mutter und Bruder delirierend entschlummert. Nur Vater Johannes und die auswärts wohnenden Töchter Elise und Rosette sind verschont geblieben von der typhösen Epidemie, die während jener Wochen im Hause Schmid – und sonst in keinem anderen – gewütet hat.

Bis Mitternacht wachten Elise und Heinrich noch an den Särgen, und wenn Elise auch ab und zu schluchzte, so spürte er doch, daß ihr das Totsein der Lieben von Stunde zu Stunde faßlicher wurde oder zu werden schien. Auch sprach sie im Beisein der Dahingegangenen vom Kind, das in ihr strampelte und wuchs: Wird es ein Knabe sein, ein

Mädchen? Was wäre dir lieber? – Heinrich sagte nicht zum erstenmal, es sei ihm beides willkommen, aber zum erstenmal sagte er, daß ihm ein Mädchen noch eine Spur willkommener wäre, begründen könne er es nicht. – Es geht mir so wie dir, sagte Elise, nur umgekehrt. – Ich weiß, sagte Heinrich, du möchtest einen Jakob. – Nicht unbedingt, ich fände einen Theodor noch schöner, und wie soll deine Tochter heißen? Du hast dich nie dazu geäußert. – Er zeigte auf den Sarg, in dem die tote Mutter lag, und sagte: So wie sie.

Das Leichenbegängnis am Morgen des sechsten Juni achtundvierzig brachte mehr Richterswiler auf die Beine als die Kirchweih oder der Viehmarkt. Fast das gesamte Dorf und zahllose Auswärtige fanden sich gegen halb elf vor dem Schmidschen Haus am Spielhof ein, wo die Särge, bedeckt mit schwarzen Tüchern, auf denen Rosen lagen, aufgebahrt waren. Als die Angehörigen auf der Außentreppe des Hauses erschienen, verstummte das Gemurmel der Menge, und nach einer Minute des Schweigens ergriff Jacob Hiestand, Schulmeister und Gemeindepräsident, das Wort, würdigte in knapper Rede die Toten, die im Abstand von nur einem Tag dahingerafft worden waren, sprach den geprüften Hinterbliebenen das Beileid der Gemeinde aus und schloß mit dem allseits bekannten Spruch: *Die Todesstunde schlug zu früh, doch Gott der Herr bestimmte sie.* – Danach formierte sich der Trauerzug, der Mutter und Sohn auf ihrem letzten, kurzen und ziemlich steilen

Gang den Kirchweg aufwärts begleitete, von Pfarrer Fäsi angeführt, gefolgt von den Sargträgern, hinter denen die nächsten Verwandten gingen, umweht von den Schnapsfahnen der Vordermänner.

Heinrich nahm wenig wahr, und in der Kirche fehlte es ihm an Andacht und Sammlung. Zwar hatte er aufgehorcht, als Pfarrer Fäsi seine Leichenpredigt mit Hiobs Worten begann: *Ich bin nacket von meiner Mutter Leibe kommen, nacket werde ich wieder dahinfahren. Der Herr hat's gegeben, der Herr hat's genommen; der Name des Herrn sei gelobt!* –, aber diesem Aufhorchen war sogleich ein Abschweifen gefolgt, ein Aufwallen der Liebes-, Haß- und Schuldgefühle, die er dem toten Vater gegenüber hatte, und als er sich endlich wieder eingefädelt glaubte in Pfarrer Fäsis Gang der Predigt, sah er, daß im Haar von Elises Schwager, dem Bäcker Abegg aus Horgen, der vor ihm saß, ein Spinnlein herumkroch, das offenbar, da es einen Faden erzeugte, den Bau eines kleineren Netzes erwog. Aber die Predigt war vorher zu Ende, die Trauergäste traten hinaus auf den Kirchhof und blieben, je nach Verwandtschaftsgrad, in unterschiedlichem Abstand zum offenen Doppelgrab stehen. Als der Pfarrer das Wort *Scheidestunde* aussprach, begann Elise, die sich bis jetzt sehr tapfer gehalten hatte, laut zu schluchzen, und Heinrich legte den Arm um ihre Schulter und fragte sich, ob Elise jemals so um ihn weinen würde. – Im Unterschied zu den Töchtern zeigte der Vater keine Regung, jedenfalls keine weiche, sein Gesicht wirkte finster und hart, und als er sich ruckartig bückte, um ein Häuflein Erde zu ergreifen und auf die Särge fallen zu lassen, sah es Momente lang so aus, als wolle er es einem Feind entgegenschleudern.

Beim Verlassen des Friedhofs zeigte Elise auf ein Grab, auf dem ein Lorbeerstrauch wuchs, blieb davor stehen und sagte zu Heinrich: Schau, da liegen auch zwei, die zusammen beerdigt worden sind, zehn Jahre ist es her, ich erinnere mich gut, ich war vierzehn damals und habe beide gekannt, sowohl den alten Gattiker als auch die Henriette Keller, seine Enkelin, die oft bei uns Brot geholt hat, manchmal, selten, in Begleitung eines auswärtigen Jünglings von kleinem Wuchs, der immer geschwiegen hat und der eine komische Schirmmütze trug und ein zaghaftes Bärtchen am Kinn. Mit neunzehn ist sie gestorben, die Henriette, an Schwindsucht, und Gattiker gleichzeitig an Milzbrand, und Mutter hat mich mitgenommen ans Begräbnis, ich weiß noch, daß alles verschneit war, obwohl es bereits dem Ende des Maimonats zuging. – So gesprächig war Elise plötzlich. Und dabei hat sie nicht einmal gewußt und damals auch nicht wissen können, daß Henriette später als *Anna* auferstehen und abermals an Schwindsucht sterben und trotzdem aufgehoben bleiben würde, weil es der schweigsame Jüngling, der das Mädchen aufs verhaltenste liebte, so und nicht anders gewollt hat, als er als Mann sein großes Buch schrieb.

Das Leidmahl, das hierzulande bis heute Leichenmählchen heißt, fand statt im Gasthaus *Engel* am See und dehnte sich, obwohl es Dienstag war, bis gegen Abend aus. Und wie gewohnt wich die gedrückte Stimmung von Stunde zu Stunde, von Krug zu Krug der fröhlichen Gewißheit, daß man noch lebte, sowie der Überzeugung, daß die Verstorbenen sich im Leben jetzt nicht mehr abzustrampeln brauchten. – Sogar im Umkreis von Vater Johannes, wo außer den Töchtern und Tochtermännern auch Pfarrer Fäsi und Lehrer Hiestand saßen, kam nach und nach eine gelöstere Stimmung auf, und man war allseits erleichtert, daß Johannes nach Tagen fast völliger Stummheit wieder zur Sprache fand, wenn vorerst auch nur, um eine Meinungsverschiedenheit zwischen dem Pfarrer und dem Lehrer zu schlichten, die die zwei Richterswiler Spitzenweine des laufenden Jahrhunderts – den 11er und den 34er – gegeneinander ausspielten, wobei der Pfarrer dem ersteren, den man Kometenwein nannte, da anno elf ein mächtiger Komet erschienen war, den Vorzug gab, Hiestand dem 34er. – Meine Herren, sagte Johannes, vergleicht man das Vollkommene mit dem Vollkommenen? Vergleicht man denn zwei makellose, in jeder Hinsicht wohlgeratene Jungfrauen miteinander? Gewiß, es ließe sich behaupten, der 11er sei noch eine kleine Spur feingliedriger gewesen als der 34er, der seinerseits dafür von etwas lieblicherem Nachhall war, allein, das hebt sich auf. – Wohlgesprochen, sagte der Pfarrer und stieß versöhnlich mit Hiestand an, und Hiestand, der sich weniger über das belehrende Votum freute als darüber, daß sein Freund wieder redete, sagte, um ihm ein weiteres Stichwort zu liefern: Schade, daß man nicht weiß, wie unser Richterswiler Wein dem Herrn von Goethe gemundet hat! – Da Johannes nicht gleich reagierte, wandte sich Hiestand an Heinrich und fragte ihn, ob er von der Begegnung seines Schwiegervaters mit dem erwähnten Dichter wisse. – Heinrich verneinte erstaunt, und da auch Abegg, der andere Schwiegersohn, noch nicht eingeweiht war, ließ sich Vater Johannes die Geschichte entlocken, die relativ kurz ist und die – was eigentlich für ihre Echtheit spricht – durch die mündliche Überlieferung bis hin zu mir, dem Urururenkel des Johannes, kaum eine Dehnung erfahren zu haben scheint. – Nun also, sagte Johannes, vor einem guten halben Jahrhundert, anno siebenundneunzig, am achtundzwanzigsten Herbstmonat, wie ich mir später habe sagen lassen – ich war damals erst neun und hatte für Daten noch kein Organ –, trieb ich mich morgens an der Schifflände herum, wo es stets lebhaft her und zu ging und wo ich durch Handreichungen unterschiedlicher Art mitunter einen Kreuzer verdiente. Da hörte ich munkeln, daß von Stäfa her nächstens der Dichterfürst Soundso eintreffen werde, um von hier aus eine Wanderung Richtung Einsiedeln und Gotthard anzutreten. Ich verstand natürlich nur *Fürst*, und da ich noch keinen solchen gesehen hatte, nahm ich mir vor, seine Landung nicht zu verpassen und ihm womöglich, wie schon so manchen Kurgästen und Pilgern, beim Aussteigen behilflich zu sein. Da kommt er! hörte ich plötzlich jemanden rufen, und in der Tat sah man eine Barke sich nähern, besetzt mit drei Personen, die beiden Ruderer nicht mitgerechnet. Es gab durchaus keinen großen Empfang, wahrscheinlich reiste der Fürst inkognito, und es war mir ein leichtes, mich an die richtige Stelle des Landestegs zu stellen und dem Mann mit dem größten Haupt, der zuletzt ausstieg und den ich zu Recht für den Fürsten hielt, die Hand zu reichen, damit er das Festland sicherer erreiche. Er nahm sie, meine Hand, und als er auf dem Steg stand, ließ er sie los und fuhr mir mit der seinigen sanft übers Haar und sagte: *Sehr artisch.* – Ein Trinkgeld hat er nicht gegeben, aber er blieb noch eine Weile stehen, den Blick auf unser Richterswil geheftet, und neben ihm stand einer seiner zwei Begleiter, der eine Schreibtafel bei sich trug und offenbar sein Schreiber war, denn ich erinnere mich, daß er sofort zu schreiben begann, als der Fürst oder Dichterfürst sagte: *Der Ort liegt sehr artisch.* – Am Abend dann hat mir mein seliger Vater die Bedeutung dieses Wortes erklärt, das ich in der verfremdeten Form nicht hatte verstehen können und das mir deshalb unendlich wichtig vorgekommen war und weit geheimnisvoller als Goethes nächste Bemerkung, die der Schreiber, wie ich gesehen habe, ebenfalls sofort fixiert hat. Sie lautete folgendermaßen: *Der Ort ist hübsch gebauet.* – Das ist schon alles, schloß Vater

Johannes, und Pfarrer Fäsi rief, es sei bedeutsam und köstlich genug, und Hiestand fragte Heinrich, was er von Goethe halte, und Heinrich, der Goethes wegen von seinem Vater einst in den Hühnerstall vertrieben worden war und deshalb keine Zeile von ihm gelesen hatte, erklärte, daß ihm als Handelsmann nur wenig Zeit verbleibe, um sich der Dichtkunst zu widmen. – Ja, richtig, sagte Hiestand, Sie haben ein Geschäft gegründet, ich habe es neulich gelesen, im Amtsblatt, wenn ich mich nicht irre. – Ja, sagte Heinrich, im März hat man es publiziert. – Soso, sagte Johannes, das ist mir entgangen. – Hiestand rief Eschmann, den Wirt, und bat ihn, die Amtsblätter vom März und noch ein halbes Maß zu bringen, damit man anstoßen könne. – Der Wirt kam zurück und füllte die Gläser, und Hiestand blätterte und sagte: Voilà, da haben wir's schwarz auf weiß, in der Nummer vom siebten März, ich lese vor, *Rubrik Veränderungen von Ragionenverhältnissen, angezeigt im Laufe des Monates Februar*, voilà: *Gebrüder Bluntschli in Zürich; Fell- und Lederhandlung; solidare Antheilhaber: Conrad Bluntschli, Joh. Heinrich Bluntschli.* – Elise errötete vor Stolz, weil Heinrich gedruckt im Amtsblatt stand – allen zum Zeichen, daß er sich tüchtig rühren konnte in schwieriger Zeit. – Pfarrer Fäsi wandte sich an Johannes und meinte, es sei doch ein Lichtblick und ein Trost im Leid, die Töchter wohlversorgt zu wissen. – Bei Gott, so ist es, sagte der Vater. – Nun denn! rief Hiestand, stoßen wir an auf das junge und mutige

Unternehmen, es möge gedeihen! – Heinrich fühlte sich unbehaglich, und schon der Gedanke daran, nach dem geschäftlichen Stand der Dinge gefragt zu werden, trieb ihm den Schweiß aus den Poren. – Nun, Herr Bluntschli, fragte Hiestand, wie läßt sich die Sache an, wie läuft das Geschäft? – Heinrich räusperte sich und schwitzte. Die Wahrheit konnte er nicht sagen, schon darum nicht, weil nicht einmal Elise um sie wußte. – Man kann nicht klagen, sagte er schließlich, allein, das Kind ist ja erst vierteljährig, und man soll nichts verschreien. – Wohlgesprochen, sagte der Pfarrer und meinte nach einem ausführlichen Blick auf Elises Bauch: Und doch vergesse der Mensch nicht zu danken, zumal wenn auch im häuslichen Bezirk gesegnete Umstände walten.

Elise blieb noch für einige Tage bei ihrem Vater und bei der kränkelnden Schwester Regula und kehrte dann geschwächt und traurig nach Zürich zurück. Sie mußte viel liegen jetzt, und als Regula zwei Wochen später starb, fiel sie selbst in ein Fieber, und es bedurfte der ärztlichen Drohung, sie werde ihr Kind verlieren, um Elise davon abzuhalten, trotzdem an der Beerdigung teilzunehmen und ihrem Vater beizustehen, der jetzt allein war im ausgestorbenen Haus.

Heinrich fühlte sich hilflos, er spürte, daß sie auf alles, was er tat und sagte, mit leiser Ungeduld antwortete und nicht einmal mehr seine Zärtlichkeiten zu vertragen schien. Zum Glück und wenigstens verging das Fieber bald, Elise stand wieder auf und besorgte die Hausgeschäfte, doch blieb ihr Gemüt den ganzen Sommer über verdüstert, das häusliche Glück entsprechend getrübt, und um das Übel nicht zu vergrößern, verschwieg ihr Heinrich die eigene Not: Nämlich das Fell- und Ledergeschäft wollte durchaus nicht blühen, sei es, weil die Gebrüder von Anfang an nicht harmonierten und an zweierlei Stricken zogen, sei es, weil Teuerung und Wirtschaftskrise auch ihre Branche in Bedrängnis brachten. Und da es beiden an Erfahrung und geschäftlichem Augenmaß fehlte und beide dazu neigten, ein wenig üppiger zu leben, als es die Umstände erlaubten, begannen die Felle davonzuschwimmen.

Trotzdem freute sich Heinrich von Herzen, als ihm Elise am vierten Oktober achtundvierzig – drei Wochen nach der gelungenen Geburt des neuen Bundesstaates – einen gesunden Theodor schenkte und in der Folge wieder heiterer und weicher wurde, so daß sie es verkraften konnte, als ihr der Gatte gegen Ende des Jahres erklärte, daß Fell und Leder keinen Segen brächten, weshalb er das Geschäft im Einverständnis mit dem Bruder, der sich als Speisewirt versuchen wolle, veräußert habe. Das kleine Kapital, das seine Mutter zugeschossen habe, sei freilich aufgezehrt, sonst aber halte sich das Defizit in Grenzen, und wenn sie, Elise, ihm einen Bruchteil ihres Sparguts anvertrauen würde, so wäre er in Bälde ein gemachter Mann. – Was schwebt dir denn vor? fragte Elise sanft, während Theodor, mein Urgroßvater, unsanft an ihrer Mutterbrust saugte, und Heinrich sagte: Seide.

Elise runzelte die Stirn und schwieg. Heinrich entgegnete, die Seide sei jetzt groß im Kommen, die Lage folgende: Wie sie ja wisse, herrsche überall Armut, vor allem aber im Oberland, wo große Teile der Bevölkerung von der Baumwoll-Handweberei leben müßten beziehungsweise eben nicht mehr leben könnten, da die steigenden Rohstoffpreise sowie die Konkurrenz durch englische Maschinenware auf die ohnehin schmalen Löhne drückten. Die Zürcher Regierung nun, von der Verelendung der Gegend aufgeschreckt, bemühe sich inzwischen, neue Erwerbszweige einzuführen und nach Kräften zu fördern, und dazu gehöre insbesondere die Seidenweberei im Bezirk Pfäffikon, wo schon Dutzende von armen Teufeln auf Staatskosten zu Seidenwebern ausgebildet würden und wo jetzt Webschule um Webschule aus dem Boden sprieße, so daß man kein Prophet sein müsse, um diesem Handelszweig eine blühende Zukunft vorauszusagen. In Erwägung all dieser Tatsachen habe er sich entschlossen, ein Seidenfabrikant zu werden und eine kleine Handelsfirma mit Sitz in Pfäffikon zu gründen. – In diesem Augenblick fing Theodor, obwohl doch gesättigt, so laut zu brüllen an, daß Heinrich ein Weilchen warten mußte, bis er zum Schluß kommen konnte. – Die Firma, sagte er zum Schluß, werde *Ammann und Bluntschli* heißen, da er in Ammann einen Sozius gefunden habe, der aus der fraglichen Gegend stamme und schon Erfahrung in der Branche habe.

So, sagte Elise, man wird demnach mit Sack und Pack nach Pfäffikon umsiedeln müssen – nun gut, wo du hingehst, da will auch ich hingehn, und um dir reinen Wein einzuschenken: Der Wechsel käme mir nicht ungelegen, denn schau – Elise zeigte an die Zimmerdecke –, deine Mutter im oberen Stock und ich, wir finden partout nicht zusammen. – So, sagte Heinrich betreten, wo harzt es denn? – Ach, sie weiß erstens alles besser und läßt mich zweitens spüren, daß ich zu wenig sonnig sei – bin ich zu wenig sonnig? – Ach was, sagte er, im übrigen wird ein Wohnungswechsel nicht vonnöten sein, da ich in Pfäffikon nur einen Lagerraum brauche und dazu einen Schreibkorpus, vielleicht noch eine kleine Küche, und abends bringt mich der Postwagen zu euch zurück. – So sag mir doch, mein Seidenfabrikant, worin deine Arbeit bestehen wird. – Nun, sagte Heinrich, ich beziehe von den großen Fabrikanten in Horgen, Kilchberg und so weiter diverses Seidenzeug, sei es auf eigene Rechnung, sei es in Kommission, und übergebe es den Seidenwebern zur Verarbeitung, und dann verkaufe ich die Ware und entlöhne die Weber, und der Gewinn bleibt mir und dir und uns, ich sage Saus und Braus voraus. – Heinrich, sagte Elise, das Kind ist noch ungeboren, und man soll nichts verschreien.

Elises Skepsis zum Trotz wurde die Firma *Ammann und Bluntschli* schon zu Anfang des neuen

Jahres gegründet. Sie währte indessen, da Ammann und Bluntschli offenbar disharmonierten, nicht länger als ein halbes Jahr, und dann – im Juli neunundvierzig – war im Amtsblatt des Kantons Zürich zu lesen: *Auflösungsanzeige der Ragion: Ammann und Bluntschli in Pfäffikon und Fortsetzung des Geschäftes (Seidenfabrikation) unter der Firma: Heinrich Bluntschli; Besitzer: Heinrich Bluntschli.*

Hiemit war Heinrich sein eigener Herr und schien endgültig angelangt beim Stoff seiner Träume.

15

Es ist wahrscheinlich, daß die sechziger Jahre beruflich und privat die bewegtesten in Heinrichs ägyptischem Leben waren, aber ich habe dieses Jahrzehnt und das Nildelta, wo es gelebt worden ist, in einem einzigen Tag durchquert, und zwar mit eher stumpfen Sinnen, wenn auch nicht ohne Besinnungshalte und Gedenkminuten da und dort. Der Fahrer, den ich in Ismailiya angeheuert hatte und der sich *Tiger* nannte, war im Bild, daß es um eine bedächtige Sonderfahrt ging und nicht um eine möglichst schleunige Beförderung nach Alexandrien. Die ersten sechzig Kilometer konnte er rasen und tat es, aber in Tell-el-Kebir bat ich um einen kurzen Halt, ohne allerdings das Schlachtfeld zu suchen, auf dem die britischen Besatzungstruppen im September zweiundachtzig die nationale Befreiungsarmee unter Arabi Pascha bezwungen hatten. Das war zwar lange nach Heinrichs Delta-Zeit gewesen, und Heinrich hatte nichts mit der Schlacht bei Tell-el-Kebir zu tun gehabt, aber es war hier kurz zu danken dafür, daß er und seine Angehörigen den blutigen Ereignissen, die sich schon vor der Schlacht abgespielt hatten, nicht zum Opfer gefallen waren. Sie hätten ja, obwohl sie damals schon in Kairo wohnten, per Zufall in Alexandrien sein können, als dort im Juni zuvor einige hundert Europäer von Arabis Anhängern umgebracht wurden oder als die englische Flotte die von Aufständischen wimmelnde Stadt wenig später mit Bomben und Granaten belegte. Von alledem war Heinrich verschont geblieben, sogar von der Personalpolitik der Besatzer, die darin bestand, die Nicht-Engländer im Staatsdienst durch Engländer zu ersetzen. Er aber hat seinen Stuhl im Ministerium für öffentliche Arbeiten nicht räumen müssen bis zur Pensionierung.

Nach Tell-el-Kebir erreichten wir bald die östliche Flanke des Deltas, linkerhand der Straße erstreckte sich fruchtbar das biblische Land Gosen und rechterhand ein kilometerlanger und rauchender Müllgürtel, in dem zerlumpte Menschen nach Nützlichem wühlten und der die Provinzhauptstadt Zagazig ankündigte, wo Heinrich, bevor er Postdirektor von Ismailiya wurde, zuletzt noch gewohnt hatte und wo Catherine mit Georg, dem jüngsten der drei Söhne, niederkam. Trotzdem stieg ich, schockiert von Zagazigs Häßlichkeit, nicht aus. Ich hätte es getan und Georgs Enkel von Zagazig aus eine Karte geschickt, wenn mir die Existenz dieses Enkels damals schon bekannt gewesen wäre. Aber man hatte mir auf dem Zivilstandsamt Zürich nur die Namen und Lebensdaten von Heinrichs und Catherines Söhnen ausgehändigt, nicht aber die Namen und Daten von deren Nachkommen, da diese in blutsverwandtschaftlicher Hinsicht nur einen sogenannten

Seitenzweig bildeten. Um an den Seitenzweig heranzukommen, bedurfte es einer Bewilligung der *Direktion des Innern*, und die letztere hatte mir auf mein sofortiges und diesbezügliches Gesuch hin noch ein *geeignetes Identifikationspapier* abverlangt und mir *orientierungshalber* mitgeteilt, daß die Gebühr fünfzig Franken betrage und die Bewilligung zur Einsichtnahme in den Seitenzweig nur soweit erteilt werden könne, *als es sich nicht um lebende Personen handelt.* – Hätte mich die Bewilligung noch vor meiner Abreise nach Kairo erreicht, so hätte ich mir und der Schweizer Botschaft die Suche nach möglichen Bluntschlis in Ägypten ersparen können, und hätte das Zivilstandsamt, das mir nach meiner Heimkehr die benötigten Auszüge aus dem Familienregister ausgefertigt hat, darin versehentlich nicht auch eine *lebende Person* aufgeführt, so würde ich bis heute glauben, daß Heinrichs Geschlecht im Mannesstamm erloschen sei. – Georg, der Frühverstorbene, hat ja, wie schon einmal berichtet, fünf Kinder hinterlassen, die seine französische Frau dann von Kairo nach Zürich ins Waisenhaus brachte, und eines davon, das jüngste mit Namen Jean Baptiste, ist später Konditor geworden und hat einen Sohn gezeugt, bei dem es sich um die lebende Person handelt, die man mir hatte vorenthalten wollen und die ich in Ägypten nicht hätte finden können, da sie in Zürich wohnt, wo wir inzwischen ein Glas getrunken haben im Gedenken an den gemeinsamen Ahnen.

Keine Karte also aus Zagazig an meinen Verwandten und Weiterfahrt Richtung Tanta im Herzen des Deltas, links und rechts grüne Felder, topfeben alles, monoton und ohne den erhofften Reiz. Bei Mit-Ghamr Überquerung des Damietta-Nilarms und eine halbe Stunde danach Einfahrt und kurze Pause in Tanta, von dem mir nur ein einziges Bild geblieben ist. Eine blühende Frau mit Kopftuch, die vor der Metzgerei gegenüber des Straßencafés, wo Tiger und ich sitzen, steht, flankiert von einem aufgeschlitzten, am Hinterfuß aufgehängten und rosa gefleckten weißen Rinderkadaver mit leerer Leibeshöhle. Soviel zu Tanta, dem Zentrum des ägyptischen Baumwollhandels schon zu Heinrichs Zeiten – und eine Stadt nebenbei, auf deren Namen ich zum ersten Mal im Staatsarchiv Zürich gestoßen bin, beim Lesen eines gerichtlichen Aktenstücks, aus dem unter anderem hervorgeht, daß Heinrich in Tanta den Empfang eines amtlichen Schreibens aus der fernen und offenbar nicht abzuschüttelnden Heimat unterschriftlich bestätigt hat. Auf dem Empfangsschein, der damals *Verrichtungszeugnis* hieß und wieder an den Absender zurückspediert werden mußte, habe Bluntschli – dies wird im gerichtlichen Aktenstück mit Empörung erwähnt und zu seinen Ungunsten ausgelegt – *sein Mißfallen zu verstehen gegeben, daß wegen dieser Sache so wiederholte Aufforderungen stattfinden.*

Soviel zu Tanta, wo ich mich müdigkeitshalber dazu entschloß, auf den geplanten Abstecher nach

Mahalla-el-Kubra, gut zwanzig Kilometer nordöstlich gelegen, zu verzichten, obwohl Heinrich, bevor er nach Zagazig umzog, mit Sicherheit ein paar Jahre lang in Mahalla-el-Kubra gewohnt hat. Dort jedenfalls ist im September vierundsechzig Rodolph zur Welt gekommen, der mittlere der Söhne, und im Dezember zweiundsechzig die erste Frucht Ägyptens, der spätere Briefschreiber und nicht ganz zuverlässige Chronist mit Namen Charles. Ihm ist es zu verdanken, daß wir, sofern wir es denn glauben mögen, wissen, was Vater Heinrich in seinen Delta-Jahren trieb. Nämlich er soll geamtet haben *als Direktor und Inspektor mit Prokurationsrecht aller vizeköniglichen Fabriken, d. h. in Mahalla-El-Kobra, Tanta, Samannoud, Kafr-El-Zayat und Zagazig.* – Meine Großmutter hat diesen Passus aus Charles' Brief wörtlich ins blaue Heft aufgenommen und mit Stolz kommentiert: *Es scheint, daß dieser Bluntschli überall, wo man ihn hinberief, seinen Mann gestellt hat.* – Das ist, ergänze ich, insofern richtig, als er auch dort, wo er seinen Mann nicht zu stellen vermochte, ihn im höheren und entscheidenden Sinn trotzdem stellte, indem er sich von keinem Fehlschlag niederzwingen, von keinem Sturz zerschmettern ließ. – Item, es ist verbürgt, daß Heinrich schon zu Anfang der sechziger Jahre im ägyptischen Staatsdienst stand – wenn auch kaum in so fabelhafter Stellung, wie Charles es überliefert. Es wäre schon Ehre und Mühe genug gewesen, auch nur einer der vizeköniglichen Baumwollentkernungsfabriken als Leiter vorzustehen, aber wie auch immer, es ist verbürgt, daß Heinrich im August des Jahres zweiundsechzig im Auftrag der Regierung nach Liverpool reiste, um einige Dutzend mit Dampf betriebene Egreniermaschinen, das heißt Baumwollentkörnungs- oder Baumwollentsamungsmaschinen zu kaufen, die in England eben entwickelt und hergestellt worden waren. Sowohl Charles spricht von dieser Reise – allerdings wie üblich ohne Zeitangabe – als auch das erwähnte gerichtliche Aktenstück, in dem vermerkt ist: *Eine dritte Aufforderung im gleichen Sinne ist am 7 d. Mts. zurückgekommen, mit dem Berichte, der Östreichische Generalkonsul in Alexandria habe dem Bundesrath gemeldet, Bluntschli sei bereits am 25 Aug. d. Js. unter dem Namen Carl Bluntschli nach Liverpool abgereist.* – Näheres dazu später, ich handle zuerst die Baumwolle ab, die ägyptische Baumwolle, die dank des Amerikanischen Bürgerkriegs in der ersten Hälfte der sechziger Jahre zum Exportschlager wurde, da die Nordstaaten Amerikas mit ihrer Flotte die Südstaaten und ihre Baumwollausfuhr blockierten, was einen Baumwollmangel in Europa zeitigte und einen Baumwollboom in Ägypten, das in die Lücke sprang. – Heinrich hatte zwar seinen Posten, sah aber, daß jeder Lump und Spekulant, vom überkochenden Markt herbeigelockt, in Kürze zu Reichtum kam und um ein Vielfaches mehr verdiente als er, und es war unvermeidlich, daß er vom Fieber ein wenig angesteckt wurde, daß es ihn juckte, aufzuspringen. Er fand in einem frisch zugewanderten Landsmann namens Krebser einen Sozius, quittierte den Staatsdienst und investierte sein Vermögen in eine eigene Baumwollentsamungsfabrik. Sie war von kurzer Dauer und krachte anno fünfundsechzig, als der Krieg in Amerika zu Ende war, die südstaatliche Baumwollschwemme zu einem Preiszerfall führte und die zahllos aus dem ägyptischen Boden gestampften Firmen sich zu Tode konkurrenzierten, zusammen, und Krebser, der sich unter dem Vorwand, das unterägyptische Klima nicht zu vertragen, noch rechtzeitig abgesetzt hatte, hinterließ einen bankrotten Heinrich.

Aber fast schwerer als daran trug er an einer Sache, die ihm Krebser, der vom linken Zürichseeufer kam, eines Tages ganz obenhin zugebracht hatte, nämlich daß Elise Schmid aus Richterswil sich kürzlich wieder verheiratet habe, und zwar mit dem Schiffmann und Kahnführer Jakob Treichler, der bereits zweifacher Witwer sei und acht Kinder besitze. – Die Wiederverheiratung als solche konnte Heinrich verschmerzen, schließlich hatte auch er sich neu verbunden, wenngleich nicht ehelich, aber Elise in den sehnigen Armen dessen zu wissen, der ihn einst als unechten Erstklaßpassagier enttarnt und dem Gelächter der echten preisgegeben hatte, dies war bitter, und es beschäftigte Heinrichs Gemüt so sehr, daß er sich bis in die Träume hinein verfolgt sah, umgrinst sah von Hohn und Verrat. Doch ließen ihn die Träume, unbestechlich wie sie sind, nicht nur als Opfer auftreten, sondern auch als Täter, denn immer wieder tauchte in ihnen sein Söhnchen Theodor auf, das er fast ausgelöscht hatte in sich und von dem die ägyptische Neue so wenig ahnte wie von Elise. Jetzt plötzlich, wo Heinrichs Feind zum Stiefvater seines Sohnes geworden war, kehrte er wieder, der Sohn, und zwar, die Träume wollten es so, in himmelschreiender Hohläugigkeit.

Das geschäftliche Ungemach hielt sich in Grenzen. Erstens und glücklicherweise bestand es nur darin, daß wohl das ganze angesparte und aufs Spiel gesetzte Kapital verloren war, daß aber keine nennenswerten Schulden drückten, und zweitens währte es, das Ungemach, nicht lange, da sich Ismail Pascha, der Vizekönig, seines untreuen, nie aber ungetreuen Knechts erbarmt zu haben schien, indem er ihn bald wieder in und über die staatliche Baumwolle setzte, später dann, wie bekannt, über das Suezkanalpostwesen, danach über das einheimische Salz und schließlich, als er selbst, der Vizekönig, samt seinem Land so gut wie pleite war, noch über ein kleines Büro im Ministerium für öffentliche Arbeiten, wo er, wie bekannt, sowohl Ismails Sturz und Verbannung als auch die britische Besatzung überlebte.

Machte sein langjähriger Dienst sich bezahlt? Erfüllte sich sein früher Traum vom großen Geld? Charles schreibt: *Wäre mein Vater ein Anderer gewesen, hätte er ein Vermögen von mehreren zehntausend ägyptischen Pfunden hinterlassen.* – Man stutzt und fragt sich bang: Ist Heinrich denn kein anderer geworden, hat er, wie einst in unseliger Frühzeit, auf zu großem Fuß gelebt und seine Pfunde verpulvert? – Mitnichten. Charles jedenfalls fährt fort: *Aber Geschenke von der Regierung oder irgendeiner anderen Seite nahm er nie an, denn er war sehr gewissenhaft, er wies auch Ehrentitel ab und ging meist in zu engen Kleidern einher.* – Ach Heinrich, ich weiß ja, was dich und andere dein Jugendtraum gekostet hat, und ich begreife auch, warum deine Seele in späterer Zeit, als sich der Traum erfüllen hätte können, Erfüllung nicht mehr zuließ, und trotzdem finde ich es schade, wenn frühe Sünden dazu führen, daß man sich später weder Pascha-Titel noch Alterswohlstand gönnt.

Das Wichtigste, Schönste hingegen hat Heinrich, Gewissen hin oder her, nicht abwürgen können an den Ufern des Nils: die Liebe, den Trieb, den Liebestrieb, der in Kafr-el-Zaiyat nach langer, langer Pause vulkanisch sich regte. – Kafr-el-Zaiyat liegt unweit von Tanta an der Straße nach Alexandrien, und während mein Fahrer sich in der Nähe des Autos verpflegte, ging ich im alten, tief orientalischen Zentrum herum durch schmale Gassen mit Menschen, Märkten und Hammelfettgeruch, und jedes wirklich alte Haus hätte das Hotel sein können, in dem Inspektor Bluntschli, immer von Ort zu Ort, von Entsamungs- zu Entsamungsfabrik reisend, eines Tages im Spätherbst des Jahres einundsechzig abgestiegen war, weil dieses Hotel von einem Schweizer aus Lausanne mit Namen Henri Comte geleitet wurde, der, wie sich im Schweizerklub von Alexandrien herumgesprochen hatte, eine bildhübsche und schwarzäugige Frau besaß, eine Griechin aus Smyrna, sowie eine bildhübsche und dunkeläugige Tochter von knapp sechzehn Jahren, die Catherine hieß. – Erstaunlicherweise ist alles, was Charles, der sonst in seinem Brief mit Farbenpracht nicht geizt, zu dieser Angelegenheit bemerkt, das blasse Folgende: *Die Mutter Comte wollte die Tochter einem Griechen geben, der Vater aber nicht, und so gab er sie meinem Vater zur Frau.* – Charles dürfte nie erfahren haben, daß Heinrich zum Zeitpunkt dieser Übergabe noch mit Elise verheiratet war und daß sich seine Eltern erst zehn Jahre später, als er und die Geschwister schon geboren waren, zum Ehebund entschlossen, was umso sonderbarer ist, als Heinrich schon sehr viel früher wieder frei gewesen wäre. Dunkel bleibt auch, warum er, der zweiundzwanzig Jahre älter war als Catherine, das Rennen von Kafr-el-Zaiyat zu seinen Gunsten entschied. Es wäre naheliegend zu vermuten, daß Vater Comte sein Töchterchen soliden Schweizerhänden anvertrauen wollte. Noch näher freilich liegt die Hypothese, daß der lodernde Heinrich sehr rasch vollendete Tatsachen schuf und schon im Mai des Jahres zweiundsechzig von Vater Comte zur Seite genommen wurde und die biblischen Worte vernahm: *Die Tochter Ägyptens steht mit Schanden.* – Das dürfte Heinrich recht gewesen sein, denn damit ging die Tochter in seine Obhut über, und sie zogen zusammen nach Mahalla-el-Kubra, wo Catherine noch gleichen Jahres Mutter wurde.

Nach dem Passieren der einspurigen Eisenbrükke bei Kafr-el-Zaiyat, die schon zu Heinrichs Zeiten den Rosetta-Arm des Nils überspannte, gelangten wir auf die Autobahn nach Alexandrien, und obwohl wir uns jetzt mit hohem Tempo fortbewegten, sah ich die immer gleiche Landschaft. Der Himmel aber verwandelte sich, ergraute langsam, wurde so düster, daß mich Beklemmung befiel, und als wir in der Stadt am Meer ankamen, wo mein Ururgroßvater, innerlich nackt, einst ans Ufer gespült worden war, ging schwerer Regen nieder.

16

Das *Privatrechtliche Gesetzbuch für den Kanton Zürich*, das zu jener Zeit, als Heinrich mehrmals amtliche Post aus der Heimat bekam, in Kraft und maßgebend war, nennt neben *Ehebruch, unnatürlicher Wollust, Unfähigkeit zum Beischlaf, ausschweifender oder verschwenderischer Lebensart, unheilbarer und ekelhafter Krankheit incl. Wahnsinn oder Blödsinn* im § 187 noch einen weiteren zur Scheidungsklage berechtigenden Grund, und nur auf ihn hat Elise Bluntschli, geb. Schmid, Klägerin, sich berufen, als sie gegen Ende des Jahres einundsechzig ihr Begehren vorschriftsgemäß bei der Kirchenpflege einreichte, die es nach vergeblicher geistlicher *Einwirkung auf Aussöhnung* vorschriftsgemäß ans Bezirksgericht Pfäffikon weiterleitete, da der Beklagte, bevor er sich entfernte, zuletzt noch in Pfäffikon wohnhaft gewesen war. Der Paragraph lautet folgendermaßen: *Wenn ein Mann seine Frau böswillig verläßt oder sich zwar aus rechtmäßigen Gründen entfernt, aber im Verfolge es auf pflichtwidrige Weise versäumt, die Frau zu sich zu nehmen oder zu ihr zurückzukehren, so wird die Frau, nach einer ein Jahr langen pflichtwidrigen Abwesenheit des Mannes, und insofern sie ihrerseits nicht versäumt hat, die Wiedervereinigung zu bewirken, berechtigt, die Schei-*

dungsklage zu erheben. – Obwohl Heinrichs Abwesenheit zum Zeitpunkt, als Elise ihre Klage einreichte, schon gut elf Jahre währte, war an ein rasches Urteil nicht zu denken, denn das Gesetz schrieb zwingend vor: *Dem Scheidungsurtheil müssen drei gerichtliche Aufforderungen zur Wiedervereinigung, welche je nach wenigstens sechs Wochen einander folgen, vorhergehen, und es kann die Scheidung erst nach Ablauf eines Jahres seit der ersten gerichtlichen Aufforderung ausgesprochen werden.*

Die *Insinuation*, das heißt die gerichtliche Zustellung des betreffenden Schriftstücks, das vom Empfänger quittiert werden mußte, war, wie ich im Berner Bundesarchiv mit verhaltener Freude rekonstruieren konnte, in Heinrichs Fall kein leichtes, denn weder kannte man seine Adresse noch gab es eine diplomatische Vertretung der Eidgenossenschaft am Nil, bei der man sich hätte erkundigen können. Wollte man sicher sein, daß der Mahnruf der Heimat sein Ohr erreichte, blieb nur ein zeitraubender, da ziemlich umständlicher Weg: Das Bezirksgericht Pfäffikon verfaßte zu Handen des Beklagten ein erstes Schreiben, das ihn sowohl über Elises Scheidungsklage *wegen böswilliger Verlassung* informierte, als ihn dazu aufforderte, zwecks *Wiedervereinigung* zurückzukehren. Dieser Brief nun ging zuerst an die Regierung von Zürich, die ihn mit einem Begleitschreiben nach Bern weiterleitete, wo die Angelegenheit in der *153. Sitzung des schweizeri-*

schen Bundesrathes vom 6. Dezember 1861 zur Kenntnis genommen und protokolliert wurde: *Die Regierung von Zürich ersucht sub 5. dieses um Insinuation eines bezirksgerichtlichen Beschlusses in Sachen der Frau Bluntschli gegen ihren Ehemann Heinrich Bluntschli, von Zürich, z. Zt. in egyptisch-Alexandrien. An den Geschäftsträger in Wien zur Bestellung gegen Schein.* – Der für Heinrich bestimmte Brief reiste jetzt also von Bern nach Wien, wo ihn der schweizerische Geschäftsträger, Steiger mit Namen, in Empfang nahm und an das k. k. Ministerium des Äußern weiterleitete, denn Heinrich war ja zu jener Zeit ein sogenannter fremder Untertan und Schutzbefohlener Österreichs und als solcher samt seiner Adresse dort registriert, wohin das Außenministerium den Brief jetzt weiterleitete, nämlich in Alexandrien, wo ihn Gustav Freiherr von Schreiner, der österreichische Generalkonsul, in Empfang nahm und dafür sorgen mußte, daß er Bluntschli persönlich ausgehändigt wurde, und zwar *gegen Schein.* Der Retourweg des Scheins von Alexandrien nach Pfäffikon war dann genau derselbe wie der Hinweg des Briefs. Und dreimal hin und dreimal her das Ganze. Und ausgerechnet während einer Zeit, wo Heinrich neben der Betreuung von Ismail Paschas Entsamungsfabriken auch liebesmäßig in hohem Grad beansprucht war.

Der dritte Brief, in dem er noch einmal aufgefordert wurde, *persönlich vor Gericht zu erscheinen oder einen Bevollmächtigten zu bezeichnen, welcher auf die Klage antworte, ansonsten angenommen würde, er mache gegen die Klagebegehren keine Einwendung* – der dritte Brief konnte Heinrich nicht mehr zugestellt werden, da er sich, wie schon bekannt, Ende August geschäftlich nach Liverpool begeben hatte, und zwar unter dem Namen Carl Bluntschli. Diesen Bescheid erhielt das Bezirksgericht Pfäffikon Anfang Oktober zweiundsechzig; es hat den falschen Namen in seinem Scheidungsurteil gebührend erwähnt, einem Urteil übrigens, das noch im gleichen Monat gefällt und im Amtsblatt publiziert worden ist, denn die *Fehlbarkeit* des Beklagten schien dem Gericht so augenscheinlich, *daß ungeachtet seit der ersten schriftl. Aufforderung zur Wiedervereinigung noch nicht ein Jahr verflossen ist, gleichwohl gegenwärtig schon die Scheidung ausgesprochen werden kann.* –

Mit Einmuth löste das Gericht das *bestandene Eheband* auf und verurteilte den fernen Beklagten dazu, *der Klägerin das ihm zugebrachte Weibervermögen von Fr. 4966. 80 Rp. zu ersetzen und ihr überdieß eine Entschädigung von Fr. 100 zu bezahlen.* Natürlich war Heinrich in den Briefen, deren Empfang er bestätigt hatte, über Elises Forderungen ins Bild gesetzt worden, und sie dürften der Hauptgrund dafür gewesen sein, warum er unter halbfalschem Namen nach Liverpool reiste. Er schien sich außerhalb Ägyptens nicht sicher zu fühlen und mit der Möglichkeit zu rechnen, im zivilisierten Europa, das mit der Schweiz Auslieferungsverträge hatte, gefaßt zu werden – nicht nur der hängigen, sondern auch einer älteren Sache wegen. – Wie auch immer, als *Carl* blieb Heinrich auf seiner Reise unbehelligt, ist nach vollbrachtem Auftrag zur schwangeren Catherine zurückgekehrt, hat seinen falschen Namen abgelegt und ihn dem Sohn übermacht, der bald darauf zur Welt kam.

Etwas Heikles, Elises Klage Betreffendes, muß noch zur Sprache kommen. Im handgeschriebenen Scheidungsprotokoll heißt der zentrale Passus: *Frau Bluntschli führt zur Begründung ihrer Klage an, ihr Ehemann habe sich vor elf Jahren entfernt und seither nichts für sie gethan, im Jahr 1855 habe er sie schriftlich angegangen ein gemeinsames Scheidungsbegehren zu stellen, letztes Jahr sei dieses Begehren erneuert worden, jedoch habe sie auf die erklärte Zustimmung keine Antwort mehr erhalten, ihre Klage gründe sich auf böswillige Verlassung*. – Nun gibt es ja nicht nur amtliche Quellen, es gibt auch das blaue Heft meiner Großmutter, in dem zu lesen ist, was meine Großmutter von ihrer Großmutter, nämlich Elise, in dieser Sache erzählt bekommen hat. Es handelt sich um jene Hälfte der Geschichte, die man im Scheidungsprotokoll vergeblich sucht und die, wenn sie wahr sein sollte, ein etwas anderes Licht auf Täter und Opfer wirft. Die Stelle lautet so: *Eines Tages kam ein Brief für Elise, aus Alexandrien. Heinrich hatte eine Stellung gefunden und schrieb seiner Frau, nun sei die Existenz gesichert, er er-*

warte sie und den Bub. Natürlich brauchte es dazumal Mut zu einer solchen Reise. Elise, die sonst richtig Haar auf den Zähnen hatte, konnte sich nicht aufraffen und blieb in Richterswil. Es muß sicher wieder eine lange Zeit verstrichen sein. Dann schrieb Heinrich, wenn es endültig sei, daß sie nicht komme, so müßten sie eben die Scheidung einleiten, er könne nicht länger ohne Frau sein. Und so wurden sie geschieden. – Eines ist klar: Wenn sich die Sache *so* zutrug, dann hat Elise das Gericht zwar nicht belogen, ihm aber Entscheidendes verheimlicht. Wie triftig ihre Gründe, Heinrich nicht nachzureisen, auch gewesen sein mögen – ich weiß, wie triftig sie waren –, entscheidend ist trotzdem nur, daß er die Wiedervereinigung wünschte und brieflich darum bat. Elise wäre nach damaligem Recht sogar verpflichtet gewesen, ihm überallhin zu folgen, während es Heinrich, was sie natürlich wußte, auf längere Sicht unmöglich war, in die Heimat zurückzukehren.

Es könnte auch anders gewesen sein. Es könnte sein, daß Elise dem Gericht die Wahrheit sagte, nicht aber der restlichen Welt und nicht ihrer Enkelin: Es ist kein Ruf aus Alexandrien erschallt, Elise hat den Brief erfunden. Stigmatisiert als Sitzengelassene, erniedrigt zur wartenden Strohwitwe, hat sie in ihm die Möglichkeit gesehen, sich gesellschaftlich neu zu orten und ihre Rolle zu wechseln. Seht nur, er ruft mich, er will mich, ich aber will ihn nicht mehr – auch wenn er, wie der

Brief jetzt zeigt, nicht unbedingt der Lump ist, für den man ihn hält.

So oder so, es dürfte sicher sein, daß zwischen achtzehnhundertfünfzig, dem Jahr, in dem Heinrich das Weite suchte, und achtzehnfünfundfünfzig, dem Jahr, in dem er Elise vorschlug, ein gemeinsames Scheidungsbegehren zu stellen, nicht völlige Stille herrschte. Von welcher Art die Zeichen waren, die die Verwundeten sich gaben, muß allerdings offenbleiben, und möglicherweise ist es kein Zufall, daß das schwärzeste Wegstück im Leben der beiden auch im schwärzesten Nebel liegt.

Und Theodor, das Kind der Liebe, das zwei war, als sein Vater untertauchte? – Wuchs, bis es acht war, in Richterswil heran und brachte Leben ins tote Haus des Bäckermeisters Schmid, der ihm ein guter Großvater war und auch für Elise aufkam, die die Hausgeschäfte so lange besorgte, bis Vater Johannes befand, sie müsse, da sich ihr ägyptischer Stromer vor allen Verpflichtungen drücke, halt selber Geld verdienen. Elise lernte zetteln und trat als Zettlerin in eine örtliche Stoffabrik ein. Und Theodor mußte Abschied nehmen: *Da die Mutter ihrem Berufe nachgehen muß, so kann sie dem Knaben nicht die nöthige Aufmerksamkeit u. Pflege widmen*, begründete sein Vormund das Aufnahmegesuch an die Stadtzürcher Waisenpflege. Und weiter: *Über den Vater mangeln seit 1850 bestimmte Nachrichten. Für seinen Knaben thut er Nichts.* – Den Knaben selbst bezeichnete der Vormund als *talentvoll, gutmüthig, etwas flüchtig.* – Im Februar sechsundfünfzig nahm ihn Elise bei der Hand und brachte ihn ins Waisenhaus der Stadt. Sie holte ihn nicht mehr heraus, auch nicht nach sieben Jahren, als sie sich wieder vermählte und ihre Arbeit aufgab. Zwölf Jahre lang blieb Theodor unter der Rute. Er lernte das Schlosserhandwerk und war fast zwanzig, als man ihn endlich entließ. Er stand mit Bündelchen und Regenschirm auf der Freitreppe des Waisenhauses, sah sich allein und wanderte meerwärts. Es ist nichts weiter bekannt, als daß er vierzehn Jahre später heimkehrte aus Amerika. Er ließ sich in Schaffhausen nieder, gründete einen Kleinbetrieb, eine technische Tüftlerwerkstätte, und fand in Luise Weber, deren Eltern die *Wirtschaft zum Frieden* führten, ein verläßliches Wesen. Im Jahr vierundachtzig kam die erste Tochter, Luise, zur Welt, die Heinrich, ohne daß er es wußte, erstmals zum Großvater machte, drei Jahre später wurde Emma geboren, die Mutter meines Vaters, und zwei Jahre nach ihr erblickte Theodors jüngstes Erzeugnis, eine Maschine zum Schleifen von Simili-Steinen, das Licht der Weltausstellung von Paris, wo die Erfindung nicht nur ausgezeichnet, sondern auch angekauft worden ist, wenn auch vermutlich für weniger Geld, als ihm der Reißverschluß eingebracht hätte.

Noch etwas anderes geschah um jene Zeit herum. Es steht in Emmas blauem Heft: *Eines Tages liest er in einer Zeitung unter der Rubrik ›Schwei-*

zer im Ausland‹ von einem Heinrich Bluntschli, der im ägyptischen Staatsdienst stehe, wo er mit seiner Tüchtigkeit Ehre einlege für seine helvetische Heimat. Blitzartig geht es dem Theodor auf – das ist mein Vater! – Offenbar bedurfte es dieses Anstoßes, dieser lauten Nennung des Namens, um das entrückte Phantom gleichsam körperlich-wirklich zu machen und seinem Sohn die Scheu zu nehmen, mit ihm in Verbindung zu treten. Theodor schrieb einen Brief, legte ein Foto von sich bei und schickte das Ganze an die *Société Suisse* in Kairo. Rasch kam die Antwort. *Heinrich schrieb, er habe seinen Söhnen, die nie etwas gewußt hätten von der Existenz ihres Halbbruders in der Schweiz, das Bild gezeigt u. gesagt, sie sollten raten, wer das sei. Einstimmig hätten sie gesagt, das sei doch er selber, als er jung gewesen sei, so sehr glich Theodor seinem Vater.* – Mehr ist nicht zu erfahren. Die Briefe, die die beiden fortan und bis zu Heinrichs Tod gewechselt haben, sind verschollen. Ob darin auch von Schuld die Rede war, vielleicht sogar von Vergebung, bleibt das Geheimnis von Vater und Sohn.

Mitte der neunziger Jahre übernahm Theodors Frau die *Wirtschaft zum Frieden* am *Herrenacker*, wo sie noch heute steht und floriert, während er selbst, da geschliffene Simili-Steine auf einmal außer Mode kamen, mit Vertretungen technischer Artikel aus den USA zum Lebensunterhalt beitrug. Zum Lebensunterhalt auch seiner alten, inzwischen verwitweten, inzwischen unendlich füllig gewordenen Mutter Elise, die er zu sich genommen hatte, damit sie nicht einsam sei.

Im *Frieden* starb sie jahrelang, und ihr Urenkel, mein Vater, hat das entsetzliche Ächzen und Keuchen aus dem oberen Stock der Wirtschaft bis auf den heutigen Tag im Ohr. Auch soll Elise, wie meine Großmutter aufschrieb, in der Verwirrung ihres Geistes so häufig nach Heinrich verlangt haben, *daß Theodor dessen Bildnis, von Rudolf Koller in Paris gemalt, vom Dachboden holte u. in ihr Sterbezimmer brachte. So kam das einstige Paar am Ende doch noch irgendwie zusammen.*

17

Die Sache mit der Seide ließ sich nicht übel an, denn einerseits brachte das Jahr neunundvierzig zwar keinen allgemeinen und rasanten Aufschwung, doch eine leichte Besserung der trüben Wirtschaftslage, und andererseits schien Heinrich, was ihm an flüssigem Weibergut von Elise anvertraut worden war, zweckmäßig investiert zu haben in das nötige Webergeschirr samt Stahlblättern, Spulen und Seidenzeug. Nur seine allererste Anschaffung empfand Elise als Luxus, während Heinrich sie für erforderlich hielt, auch und gerade vom merkantilen Standpunkt aus: Ein guter Name, sagte er, sei mehr wert als Silber und Gold, sei die beste Visitenkarte und könne sich, gedruckt auf einer solchen, noch besser verbreiten. – Wie viele er drucken ließ, ist nirgends registriert, aber eine hat überlebt, weil Elise, sei es aus Sparsamkeit, sei es in Erinnerung an das Getränk, das einst am Ufer des Zürichsees den ersten Kuß befördert hatte – weil Elise auf der Rückseite der Karte, die sich in ihrem Kochbuch fand, das Rezept für *Zitronen-Liqueur* notiert hat. *Die Rinde von 3 Zitronen wird in 1 Flasche gelegt 1 Maß Kirschenwasser dran geleert 3 bis 4 Wochen stehen lassen – Hernach wird 5/4 Pf. Kandel mit 2 Glas Wasser 2 Loth grobgestossenem Zimet gesotten bis d. Zuker ver-*

schäumt hat, dann kalt an d. Kirschenwasser gethan noch ein paar Tage stehen lassen u. filtriert. – Und auf der Vorderseite – Goldlettern, Prägedruck, Stockflecken –: *Johann Heinrich Bluntschli, Seidenfabricant, Pfäffikon-Zürich.*

Über die Notwendigkeit der zweiten Anschaffung waren Heinrich und Elise sich einig, und trotzdem kam es auch hier zu Zank. Das geräumige Kontor samt Küche, das Heinrich im Haus der Familie Furrer-Stucki in Pfäffikon gemietet hatte, enthielt zwar das übliche Mobiliar, doch fehlten ein Schreibpult sowie ein Briefkorpus mit Schubladen. Beides war unentbehrlich für einen Handelsherrn, das sah Elise ein, doch mußte das Pult, wie Heinrich meinte, denn unbedingt aus Nußbaum sein? Genügte Tanne nicht? – In dieser Sache gab Heinrich nach und beschränkte sich darauf, den Tischler Ochsner anzuweisen, das Möbel nußbaumfarben zu streichen. – Von einer höheren Warte aus betrachtet, erwies sich der Streit um das angemessene Holz dann allerdings als überflüssig, da Heinrich die siebenundzwanzig Gulden, die ihm der Tischler in Rechnung stellte, zu bezahlen vergessen hat.

In die Handelstransaktionen des Ehemanns mischte sich Elise nicht ein, zumal sie Früchte zeitigten, die es ihm zu ermöglichen schienen, sie und Theodor nicht einfach zu versorgen, sondern sogar zu verwöhnen. Elise ihrerseits bewährte sich als tüchtige und sparsam wirtschaftende Hausfrau sowie als behütende Mutter, und sie verbarg vor

Heinrich so gut wie möglich die Anwandlungen von Schwermut, von denen sie seit dem Tod ihrer Lieben heimgesucht wurde und die ihr manchmal alle Kraft entzogen, so daß sie manchmal jedes Staubkorn als Überforderung empfand.

Heinrich verbrachte die Tage am tannenen Pult, kalkulierend und spekulierend und die Weberinnen und Weber abfertigend, die in sein Kontor kamen, um Verarbeitetes abzuliefern und neue Arbeit in Empfang zu nehmen. Auch war er oft, vielleicht zu oft, geschäftlich unterwegs, er reiste gern und stieg gern ab in besseren Häusern, und seine Handels- und Verhandlungspartner durften sicher sein, daß er, wenn das Geschäftliche erledigt war, für Speis und Trank aufkam. Seine Großzügigkeit sprach sich so gut herum wie sein gehobener Lebensstil und ließ nur einen Rückschluß zu: Die Firma Bluntschli blühte. – Das gewinnende Wesen Heinrichs, die sanfte, tiefe Stimme und der gutartige Blick waren nur Zutat – es hätte ihrer kaum bedurft, um es als ratsam erscheinen zu lassen, ein Auge zuzudrücken, wenn der potente Kunde die eine oder andere Zahlungsfrist verstreichen ließ.

Fast immer kehrte er abends nach Hause zurück, wo er sich meist noch ein Stündchen abgab mit dem gedeihenden, inzwischen einjährigen Theodor und wo ihm Elise, sofern er es ausdrücklich wünschte, auch außerhalb von Sonn- und Feiertagen seine Leibspeise zubereitete, welche, wie schon einmal erwähnt, in einer mit allerlei Zutaten gefüllten gebratenen Gans bestand. Bevor man zu Bett ging, pflegte man noch ein Gläschen Zitronenlikör zu trinken, und trotzdem war dann, was weiter geschah, nur noch ein Abglanz. Elise wirkte, schien Heinrich, sonderbar eckig und freudlos. Heinrich gab sich, schien Elise, befremdend ungeduldig, als werde er das irgendwie Gehetzte, das ihr seit kurzem an ihm auffiel, auch unter der Decke nicht los. Doch alles in allem liebte man sich trotz manchmal mangelndem Einklang, und das gemeinsame Söhnchen stiftete Nähe. Hingegen merkte Elise zu Anfang des neuen Jahres, daß Heinrich ihr Haushaltsgeld auf einmal knapper bemaß. Sie reagierte panisch. Sie stellte ihn zur Rede. – Es handle sich, sagte er, um eine harmlose Stockung. Zum Wesen aller Geschäftstätigkeit gehöre das Auf und Ab. So wie zum Leben schlechthin. Sie dürfe seine Seidenfirma nicht mit der Bäkkerei verwechseln, in der sie aufgewachsen sei. Brot brauche jeder jederzeit und Seide leider nicht. – Dies sah Elise ein, und als ihr Haushaltsgeld rasch wieder den üblichen und hohen Pegelstand erreichte, bat sie den Ehemann, ihr ihre Besorgnis nicht zu verübeln.

An einem heiteren Märznachmittag entschloß sie sich spontan, samt Theodor nach Pfäffikon hinauszufahren, um Heinrich einen Überraschungsbesuch zu machen und abends dann gemeinsam mit ihm heimzukehren. – Hat man nichts anderes zu tun? fragte die Schwiegermutter auf der

Treppe, und Elise biß die Zähne zusammen und sagte freundlich: Nein.

Die Tür zum ebenerdigen Kontor stand einen Spalt weit offen, Elise horchte und pochte und trat dann, da sich nichts regte, ein. Fast hätte sie Theodor fallen lassen vor Schreck. In einer Ecke des Kontors, auf einem großen Jutesack, aus dem diverser Seidenabgang quoll, lag schlummernd Heinrich. Er sah so rührend aus, daß Elise es unterließ, der ersten Regung nachzugeben und zu fauchen. Sie näherte sich ihm auf Zehenspitzen und legte ihm das Bübchen auf den Bauch. Er zuckte zusammen, und die andere, schönere Welt auf seinen Zügen ging unter. – Guten Tag, sagte Elise zu ihm herab, und Heinrich, gelähmt vor Scham, begann sich erst zu regen, nachdem sie in wenig vergnügtem Tonfall beigefügt hatte: Den Seinen gibt's der Herr im Schlaf, nicht wahr? – Theodor quietschte und zerrte mit beiden Händchen am Bart seines Vaters, der sich jetzt mühsam erhob und dabei mehrmals erklärte, so etwas sei ihm noch nie passiert. Er sprach von Übermüdung infolge hektischen Geschäftsgangs, und damit war eigentlich beides begründet: sowohl das Nickerchen als auch die Unordnung im Raum. Die Blässe Heinrichs hielt Elise davon ab, sein Kontor einen Saustall zu nennen und ihn selbst einen Bummler, denn wovon zeugte diese Blässe, wenn nicht von Abspannung und Raubbau? – Ich wasche mir schnell das Gesicht, sagte er und übergab ihr das Kind, und Elise sagte: Du hast mich noch gar nicht begrüßt. – Er küßte sie flüchtig, er wußte, wie schweflig sein Atem nach dem Mittagsschlaf roch, vor dem er gewöhnlich eine Zigarre aus Sumatra rauchte.

Elises Haar war aufgesteckt und in der Mitte gescheitelt. Seitlich lief es von den Schläfen an in je drei zapfenartig gedrechselte Zöpfchen aus, welche Ohren und Wangenbeine teilweise verdeckten und bis auf mittlere Halshöhe fielen. Und nicht nur diese Zöpfchen zitterten, als Heinrich aus der Küche zurückkam, sondern auch Elises Hände, die eines der Schriftstücke hielten, mit denen der Fußboden bedeckt war und das sie aufgelesen hatte. Es handelte sich um einen Mahnbrief des Seidenfärbers Joseph Reutlinger aus Zürich, und der geschuldete Betrag von zweihundertundacht Gulden war in der Tat zum Zittern. – So steht es also, sagte Elise, während Theodor auf dem Boden herumkroch und mit anderen und ähnlichen Papieren spielte. – Du irrst dich, sagte Heinrich, denn diese Rechnung geht mich nur zum geringen Teil etwas an, ich schulde dem Reutlinger neununddreißig Gulden, das ist wahr, aber die restlichen hundertneunundsechzig gehen auf die Kappe meines Ex-Teilhabers Ammann, und weil dieser nicht zahlen will, belangt man jetzt mich. Im übrigen wird die leidige Sache in Bälde erledigt sein, du brauchst dir keine Sorgen zu machen. – So, sagte Elise, zeigte auf den Boden und fragte, was für Papiere da sonst noch lägen. – Die übliche Korrespondenz halt, antwortete er, ich habe dir doch gesagt, daß im Augenblick alles ein wenig drunter und drüber geht, und ich bin grad im Begriff gewesen, die Briefschaften zu ordnen, als mich der Schlaf übermannte. – Heinrich bückte sich und begann die Papiere in Eile zusammenzuraffen, und eines davon, in das sich Theodor förmlich verkrallt hatte, mußte Elise seinen Händen entwinden. Sie glättete es, fast wurde ihr schwarz vor den Augen, als sie sah, daß es sich wieder um ein Mahnschreiben handelte, und zwar von Koch & Pfister in Zürich, die auf eine offene Rechnung aus dem Jahr siebenundvierzig verwiesen, für gelieferte Schneiderarbeiten im Wert von sechsundsechzig Gulden. Von Hochzeitsgewand stand zwar nichts, aber Elise wußte Bescheid und stellte ihren Mann mehr matt als scharf zur Rede. Er tat verwundert, nahm ihr den Brief aus der Hand, lachte ein wenig und sagte, er könne sich gar nicht erklären, wie das bejahrte Fetzchen unter die neuere Post gelangt sei. Schnee von gestern! rief er, du glaubst doch nicht im Ernst, daß ich als Seidenfabrikant bei einem Schneider in der Kreide stehe! – Heinrich, sagte Elise, ich weiß, es gehört sich nicht, mich einzudrängen in deine Handelsangelegenheiten, aber gib mir Gewißheit, denn ich halte es ohne nicht aus. – Elise, sagte Heinrich, die Seidenpreise schwanken, die Konkurrenz ist teuflisch, und Fortuna ist mir im Augenblick tatsächlich nicht unbedingt hold, indem ich zur Zeit nicht unbedingt flüssig bin, aber das kann sich morgen schon ändern. – Es geht also abwärts, sagte Elise, und er sagte, die Zeit bringe Rosen.

Noch einmal griff ihm Elise unter die Arme und schoß ihm den Rest ihres Weiber- und Sparguts vor, und trotzdem brachte die Zeit den langsamen und von Heinrich so lange wie möglich verleugneten Sinkfall. Er tat alles, um seine Frau vor der Wahrheit zu schützen. Er sprach noch immer von Engpaß, Umschwung und Aufschwung, und wenn er log, log er aus Rücksicht und vor allem aus Angst: denn er befürchtete, das böse Sprichwort von der Liebe, die aus dem Fenster fliegt, sobald das Geld weg ist, könnte womöglich nicht irren. Er wurde zum Vertuschungskünstler, auch jenen wenigen gegenüber, die ihn noch für kreditwürdig hielten, aber je höher das Wasser stieg, desto windiger wurden die Schwindelbauten.

In seiner Bedrängnis und Einsamkeit erinnerte er sich an Heinrich Muschg, den Freund aus den Tagen des Sonderbundskriegs, und er hatte auf einmal den Wunsch, sich diesem und keinem anderen anzuvertrauen und seinen Rat einzuholen. Muschg war zwar kein Pfarrer, sondern ein Bauer, aber keiner mit großen Kartoffeln, sondern ein sonderbar feiner und kluger, und als Heinrich – es war Mitte August – nach gut dreistündigem Fußmarsch über Uster, Mönchaltdorf und Egg im winzigen Esslingen ankam, sah er sich, obwohl nicht angemeldet, so herzlich empfangen wie seit langem von niemandem mehr. Muschg, der zusammen mit seiner Frau am Mittagstisch saß, im Schatten einer Linde, die sein kleines Gehöft überragte, erkannte den leicht hinkenden Wanderer von weitem, ging ihm mit ungeheuchelter Freude entgegen, umarmte ihn andeutungsweise und stellte ihn seiner Frau als *mein Bruderherz Bluntschli* vor. Sie hieß ihn willkommen, bewirtete ihn ohne Hektik und Aufwand, und obwohl man einstweilen nur über das Wetter sprach, spürte sie, daß es um anderes ging, und zog sich, nachdem sie den Männern einen raren Tokaier aufgetischt hatte, zurück. – Ich ahne, was dich herführt, sagte Muschg, und Heinrich fragte überrascht: Du hast von meinem Fall gehört? – Von deinem Fall? Durchaus nicht, ich sehe nur, daß du gedrückt bist, ich sehe in deinen Augen kein Glück. – Ja, sagte Heinrich, es hat mich verlassen. – Dann hab ich mich also damals geirrt, als ich dir prophezeite, daß es schon klappen werde mit deinem Ritterfräulein? Geht es um eure Ehe? – Am Rand, sagte Heinrich. – Muschg stopfte sich eine Pfeife und sagte: Erzähl.

Heinrich erzählte. Ausholend, stockend, rückhaltlos. Er beschönigte erstmals nichts, schob erstmals die Schuld für sein Schlingern nicht allein auf die Ungunst der äußeren Umstände ab, sprach offen von seinem unerklärlichen Hang, ja Zwang, ein Erstklaßleben zu führen, sprach von riskanten geschäftlichen Manövern, sprach andererseits vom Druck, den er von seiten seiner Frau zu merken glaube, von der unausgesprochenen, nur durch Seufzer, Gesten und Blicke vermittelten Botschaft Elises, daß sie sich ihrer Liebe nicht mehr sicher sei, wenn er als Ernährer versage und Schande über die Seinen bringe. Alles zusammen habe ihn kopflos gemacht und ihm die Klarsicht geraubt, und die Rechnungen seien immer zahlreicher und höher geworden, der Ertrag indessen geschrumpft, so daß er jetzt nicht nur blank sei, sondern bis an die Ohren verschuldet, und eigentlich bleibe ihm, auch angesichts des drohenden Verlusts von Ruf und Ehre, nur zweierlei: Flucht oder Tod.

Es will mir scheinen, sagte Muschg nach einer langen Stille, daß du als erstes den Tanz auf der Klinge beenden mußt. Offenbare dich deiner Frau, denn jede neue Lüge quält dich und wird es ihr, wenn das Gespinst zerrissen ist, noch schwerer machen, dir zu verzeihen. Sie wird nicht sehen, daß du sie schonen wolltest, sie wird sich hintergangen und betrogen fühlen mit einigem Recht. Längst hättest du gradstehen und sagen müssen: Ich kann dir nicht bieten, was du erwartest, die Sache steht so und so. – Vielleicht ist es noch nicht zu spät, vielleicht, ich möchte es dir wünschen, erfährst du, was ich in freilich anderem Zusammenhang erfahren habe, nämlich daß sich in trüben Zeiten die Herzen nur umso enger verbinden. – Das ist das eine. Und zum anderen Folgendes: Es scheint, daß ein gewisser Leichtsinn in merkantilen Dingen und ein gewisser Drang nach Geltung dich aus dem Kurs geworfen haben. Das kann, zumal wenn die Großwetterlage so widrig beschaffen ist, daß man sich keine Fehler leisten darf, passieren. Nun gut, ich kenne dich ein wenig und gehe darum davon aus, daß du zwar pleite bist und Schulden hast, dir aber wenigstens nichts unterlaufen ist, was krumm, betrügerisch und strafbar wäre. Ist meine Annahme richtig? – Heinrich nickte, wenn auch schwach. – Siehst du, in dieser Lage sind jährlich Hunderte, allein in unserem Kanton, man kann es im Amtsblatt nachlesen, ein Falliment ist heute Alltag, ist zwar bedrückend und unerquicklich, doch keinesfalls ein Verhängnis, dem man mit Flucht oder Tod entrinnen müßte. Man rappelt sich auf, beginnt von vorn und wird sehen, wie hurtig das Gras über alles wächst, und daher mein zweiter Rat: Fuhrwerke nicht einen Tag weiter, im Glauben, ein Wunder helfe dir vielleicht noch einmal auf die Füße. Stell dich als ehrlicher Mann der Schuldenschreiberkanzlei und erkläre dich für bankrott. Glaub mir, ein reiner Tisch ist mehr wert als ein gedeckter, an dem du mit Angst und schlechtem Gewissen sitzt, und solltet ihr, der Herrgott verhüte es, punkto Zehrung in Verlegenheit kommen, so gibt es ja noch uns und unsere Kartoffeln.

Heinrich dankte Heinrich. Er fühle sich, sagte er, plötzlich so leicht, als läge das Gröbste schon hinter ihm. Bestärkt und gestärkt fühle er sich, und fast munter, mit entlüftetem Kopf jedenfalls, mache er sich jetzt auf den Weg, denn er wolle noch heute das Nötige tun und ohne Vermummung vor Elise treten. Sei er mit ihr erst im reinen, dann werde ihm der Mut nicht fehlen, auch den Rest noch ins Lot zu bringen.

Später als üblich, aufgeräumter als üblich trat Heinrich über die häusliche Schwelle, und anders als üblich kam ihm Elise nicht entgegen. Sie kniete vor der Wäschekommode, und der Koffer daneben war schon zur Hälfte gepackt. Sie sagte, ohne Heinrichs Gruß zu erwidern und ohne aufzuschauen: Ich gehe. – Nach einer Weile fragte der Entgeisterte, ob sie bei Trost sei. – Man scheint dich wie einen Verbrecher zu suchen, sagte Elise, und der Pfändungsbeamte, der dich in deiner Lotterstube zu Pfäffikon schon mehrmals nicht hat finden können, ist heute *hier* vorbeigekommen, ich bin im Bild, ich fahre morgen früh samt Theodor nach Richterswil, o Gott, wie hab ich mich in dir getäuscht. – Und ich mich in dir, sagte Heinrich nach einer sehr langen Pause, denn du verläßt mich in der Not. – Die hast du dir selber eingebrockt, sagte Elise, und er entgegnete, Not bleibe Not. – Daß sie zu weinen begann, nahm er als Hoffnungszeichen. Hartherzige weinen nicht. Er berührte sie an der Schulter. Er sagte, er sei mit dem Vorsatz nach Hause gekommen, sich ihr zu eröffnen, alles ans Licht zu bringen und sie um Verzeihung zu bitten für sein Versagen. – Unter weiteren Tränen erklärte Elise, dies räume die Schande nicht aus der Welt und nicht die Aussicht auf Armut. – Ach was, sagte Heinrich, ich rapple mich auf, ich rege mich tüchtig und zeige der Welt, wer ich bin. – Ich höre, schluchzte Elise, schon wieder den Hochstapler reden. – Heinrich, im Nerv getroffen, erbleichte und sagte: Das hast du keinem Toten gesagt. – Er dachte dabei an seinen Vater, von dem er die seltsame Redensart hatte, die immer dann zur Anwendung gekommen war, wenn die Mutter dem Vater etwas unangenehm Wahres sagte.

In kalter Verzweiflung schloß er sich in der Küche ein, trank Likör und wünschte sich fort – wie damals, als er auf römischen Ziegeln im Urdorfer Hühnerstall saß. Es ertönte aber kein Hörnchen hier, das ihn zurück zu den Seinen rief. Elise war offenbar schlafen gegangen, und als Heinrich, lange nach Mitternacht und berauscht, mit einer Kerze in der Hand das Ehebett aufsuchen wollte, war die Schlafzimmertür verriegelt. Hingegen stand die Tür der kleinen Kammer nebenan, in welcher Theodor schlief, halb offen, Heinrich trat ein, sein Söhnchen seufzte im Schlaf. Heinrich sah und berührte es, bevor er die Kerze ausblies und sich auf das Schaffell neben dem Kinderbett legte, zum letzten Mal in seinem Leben.

Denn es war niemand mehr da, als er am späten Morgen die Augen aufschlug. Es war auch kein Silberbesteck mehr da, wie er beim Gang durch die Wohnung feststellen konnte, aber das mußte nicht heißen, daß Elises Auszug endgültig war. Sie hatte es gewiß nur mitgenommen, damit er in den Tagen ihres Fortseins nicht in Versuchung kam. Sonst war ja alles noch vorhanden, auch das, was sie so oft als das ihr Teuerste bezeichnet hatte, nämlich sein Bildnis, das in der guten Stube neben dem Zweitteuersten hing, einem bemalten Appenzeller Schrank, der sich noch heute in unserem Besitz befindet und zwischen dessen zwei Türfüllungen in zierlicher Schrift der Spruch steht: *Liebe kann auf Erden schon zum Himmel werden.* – Heinrich ging in der Wohnung umher, ratlos, niedergeschlagen, dazu mit hämmerndem Kopf. Er setzte sich auf diesen und jenen Stuhl, blieb eine Weile lang dumpf darauf sitzen, stand wieder auf. An Entschlüsse war nicht zu denken. Aber Entschlüsse, sagte er sich, sind eigentlich gar nicht mehr nötig, das Ende kommt so oder so. – Er wunderte sich über das plötzliche und fast unbändige Behagen, das diese Einsicht in ihm erzeugte. Er zog sich aus und legte sich nackt ins Bett.

Über die Flucht in ihr Vaterhaus und über den weiteren Gang der Dinge habe Elise auch Jahrzehnte danach nicht sprechen können oder wollen, schreibt ihre Enkelin im blauen Heft. Elise habe lediglich erzählt, daß sie zu Hause *nicht mit Hosianna* empfangen worden sei und daß ihr Vater wörtlich zu ihr gesagt habe: *Kind, man ist schneller weggelaufen als zurückgekehrt.* – Was Heinrich zwei Wochen später für eine Rückkehr hielt, zumindest im ersten Moment, erwies sich als Stippvisite. Elise kam nur, um etwas zu holen, etwas, was ihre Ratgeber als unabdingbar bezeichneten. Heinrich sträubte sich nicht und setzte die geforderte *Schuldurkunde* zu Gunsten Elises mit zitternden Fingern auf. Die Höhe des Betrags war ihm entfallen, aber Elise hatte die Zahl im Kopf.

Schon vor dieser letzten Begegnung, die weder sie noch er als letzte hatten empfinden können, waren Heinrichs Fluchtphantasien zu Plänen gereift. Auch darum hatte er sich, entgegen Muschgs Ratschlag, gehütet, sich den Behörden freiwillig ans Messer zu liefern und wegen Fluchtgefahr womöglich in Gewahrsam zu geraten. Er hatte zudem erfahren – und die Sache auch sofort bereinigt –, daß der Gläubiger, der ihm, beziehungsweise Elise, den Pfändungsbeamten ins Haus geschickt hatte, einer der kleinen war, nämlich Herr Denzler, ein Seiler in Zürich, dem er für gelieferte Schnur lachhafte fünf Gulden schuldete. Die wichtigen Kreditoren indessen übten sich in Geduld, und solange sie es taten, sah Heinrich keinen Grund, sich voreilig für fallit zu erklären. Er schloß, obwohl er in geschäftlicher Hinsicht fast nur noch pantomimisch agierte, ein Wunder nach wie vor nicht aus, zumal seine Mutter, die schon im Frühsommer in die nahe Strehlgasse umgezogen war, da sich das gespannte Verhältnis zwischen ihr und Elise nicht länger hatte aushalten lassen, schwerkrank darniederlag. Nichts wäre Heinrich ferner gewesen, als ihren Tod herbeizuwünschen, er rechnete lediglich aus, daß er mit seinem väterlichen Erbteil, an dem seiner Mutter die lebenslange Nutznießung zustand, zum Geretteten würde, aber die Mutter genas.

Ende September ging ihm der letzte Gulden aus. Er schädigte die Seidenfirma Staub in Horgen, indem er die *Zettel nebst Eintrag*, die er in Kommission übernommen und verarbeiten hatte lassen, nicht ablieferte, sondern selbst verkaufte, was ihm 472 Gulden einbrachte. Er unterschlug geliefertes

Seidenzeug der Firma Schwarzenbach in Kilchberg im Wert von 161 Gulden. Er plünderte Theodors Spargut – bescheidene 20 Gulden. Er tat all dies mit tiefer Scham und im noch tieferen Wissen, daß er mit leeren Taschen nicht weit kommen würde.

Ab Mitte Oktober wurde er nicht mehr gesehen. Sein undatiertes Abschiedsbrieflein an Elise, mit offenbar schadhafter Gänsekielfeder auf dünnes Papier geschrieben, ist zurückgeblieben, ist geblieben in Elises Kochbuch, und zwar zuhinterst, wo sich Rezepte unter dem Titel *Allerlei* finden. – *Liebe, ich schreibe in bitterer Stunde und hätte ich nicht Ursache zu glauben wie unwerth ich dir geworden, so wollte ich, indem ich noch heute Nacht in das Ungewisse abgehe dir sagen: Sei meines Scheidens nicht traurig. Adieu ich empfehle dich und den Bub dem Machtschutze Gottes. – H. B.*

Am 21. Oktober 1850 eröffnete das Bezirksgericht Pfäffikon das Konkursverfahren gegen *Heinrich Bluntschli, Sohn des sel. Herrn Pfarrer Bluntschli zu Urdorf, von Zürich, seßhaft gewesen in Pfäffikon.* – Das Gericht ordnete die Beschreibung, Sicherstellung und Versiegelung der vorhandenen Güter an, publizierte den Konkurs zu Handen einer breiteren und eventuell von ihm betroffenen Öffentlichkeit *im Amtsblatt (zwei Mal), im Landbot, Zürcher Freitagsztg. und im Republikaner sowie mittelst Verlesung in der Kirche Pfäffikon.* – Ferner wurde Heinrich seiner bürgerlichen Rechte für verlustig erklärt und der

Stadtrat in Zürich ersucht, für Ehefrau und Kind des Schuldners die Vormundschaft einzuleiten. – Die Geschädigten hatten bis zum 26. November Zeit, ihre Ansprüche geltend zu machen und der Notariatskanzlei schriftlich einzureichen. Die sogenannte *Verrechtfertigung*, das heißt die Durchführung des Konkurses im Beisein der Gläubiger, wurde auf den 4. Dezember angesetzt.

Es meldeten sich bis zum Ablauf der Eingabefrist nicht weniger als dreiundzwanzig geschädigte Personen und Firmen; die vierundzwanzigste Eingabe erfolgte verspätet und stammte von Heinrichs Bruder Carl, der auf ein *Seidenwindrad* Anspruch erhob. Die Hauptgeschädigte war Elise. Die übrigen Einzelforderungen bewegten sich zwischen 10 Gulden – nicht ausbezahlter Lohn für die Weberin Pauline Schellenberg aus Pfäffikon – und 1129 Gulden – offene Rechnungen der Firma Pestalozzi & Söhne in Zürich für von Bluntschli bezogene Seide. Ebenfalls geltend machten ihre Forderungen die schon erwähnten Firmen Staub in Horgen und Schwarzenbach in Kilchberg, die beide am Schluß ihrer Eingabe die Erklärung abgaben: *… und behalten Kriminalklage wegen Unterschlagung vor.* – Ferner und unter anderen verlangten Zutritt zur Konkursmasse die Schneiderei Koch & Pfister in Zürich – Heinrichs Hochzeitskleid –, Tischler Ochsner – Schreibpult und Briefkorpus –, Buchhändler Schultheß in Zürich – gelieferte Bücher im Wert von 13 Gulden, 7 Schillingen und 6 Hellern –, Bäcker Abegg in Horgen, der Heinrichs Schwager war – 50 Gulden *an baar geliehen.*

Addiert man die Zahlenkolonne im Konkursprotokoll, das achtunddreißig Seiten umfaßt, kommt man auf eine eingeklagte Schuld von 4311 Gulden. Damals, nur zum Vergleich, verdiente ein Weber oder eine Weberin, sofern sie fleißig waren, pro Woche einen Gulden. Sie hätten also rund dreiundachtzig Jahre lang am Webstuhl sitzen müssen, um so viel zu verdienen, wie Heinrich sich im Zeitraum von zwei Jahren an Schulden auf den Buckel lud.

Aber da waren ja noch die vorhandenen Güter, war die Konkursmasse, das Aktiv-Vermögen, das allerdings nicht in flüssigen Gulden bestand, sondern in zahlreichem *Webergeschirr, theils mit theils ohne Blätter*, ferner in *harthölzernen Zettelrahmen mit Laufgestell*, ferner in über tausend *Zäpfen* beziehungsweise Spulen – das alles, samt Schreibkorpus und Briefkorpus, samt Messingdraht, Beißzange und Ellstab ließ sich verganten, während die privateren Artikel, die Heinrich im Kontor und in der Küche von Pfäffikon zurückgelassen hatte und die im Verzeichnis des Aktiv-Vermögens ebenfalls aufgeführt sind, wahrscheinlich wenig Anklang fanden: *Ein Paar zerrissene Stiefel. – Ein weißer Filzhut. – Ein schwarzer dto. – Ein schwarzseidenes Vorhemd. – Zwei Cravatten. – Drei Hemderkragen. – Zwei alte baumwollene Hemden. – Drei Paar Stiefelsocken und ein ungerader. – Ein alter baumwollener Nacht-*

rock. – Ein paar Unterhosen, alt. – Eine eidgenössische Armbinde. – Ein leeres Haushaltungsbuch. – Ein Weinhahnen. – Sechs Schlegelguttern. – Vier alte Kellen. – Ein Pfannenring. – Ein alter erdener Hafendeckel. – Ein altes Körbli. – Ein halber Sester Böllen.

18

Als sich am Mittwoch, dem 4. Dezember 1850, morgens um 10 Uhr, im Gerichtshaus Pfäffikon seine versammelten Gläubiger den Schnee von den Kleidern klopften, saß Heinrich unter der Sonne Alexandriens und schaute auf zum blauesten Blau. Manchmal senkte er den Blick, dann lag das Meer vor ihm, nicht das offene, aber die riesige Bucht des Osthafens und in der Ferne ihr nördlicher Schutzwall: die langgestreckte Halbinsel Pharos, auf der sich weiß leuchtend das arabische Fort Kait Bey erhob.

Zur gleichen Uhrzeit, wenn auch fast hundertfünfzig Jahre später, stand ich auf dessen Zinne und schaute in umgekehrter Richtung über die Bucht auf das Panorama der Stadt und in Heinrichs Augen. Sie gehörten keinem Durchwärmten, Erlösten, keinem Geretteten, der seinen Schiffbruch mit stillem Behagen zum Abenteuer entschärft. Kein spöttischer Triumph trotz der gesprengten Ketten und der verschneiten Häscher, kein Glücksgefühl trotz Sonne. Ich sah in glanzlose Augen, sah Seelenfinsternis und Gottverlassenheit, mir war, als atmete ich mit der Salzluft das Elend des Vorvaters ein. Da tröstete er mich.

Ich habe, sagte er, am Ende der zehntägigen Seefahrt von Marseille hierher etwas Wunderliches und Wunderbares zugleich erlebt und als Versprechen bewahrt, so daß mir, wenn mich die Schwermut in Dunkelhaft nimmt, doch immer ein Funken glüht: Es war noch Nacht, als unser Dampfer vor Alexandria eintraf. Er mußte, der engen und klippenreichen Hafeneinfahrt wegen, das Tageslicht abwarten und ankerte draußen auf offener See. Als der Morgen zu grauen begann, ging ich an Deck. Das Meer war spiegelglatt, und ich stand schauend an der Reling, und da geschah es. Ich sah, wie sich die Trümmer und Scherben, die ich zurückgelassen hatte, zu einem Ganzen fügten: zur Silhouette Alexandrias – und zugleich fühlte ich mich selber und zum ersten Mal seit langem ganz. Ich hatte alles verloren, also auch mich, jetzt aber, das heller werdende Festland vor Augen, stand ich wie neugeboren. Das Wunder dauerte nur Augenblicke, die Empfindung zerfiel. Bang und verstört, so wie ich die Heimat verlassen hatte, betrat ich die fremde Erde.

Heinrich schwieg. Ich fror, ich schämte mich meiner Verschontheit. Vor einer Stunde noch war ich im Frühstücksraum des Hotels *Metropole* gesessen, auf einem gepolsterten Jugendstilstuhl und bei gedämpften Beethovenklängen, bedient von drei Serviererinnen, deren Blusen so blütenweiß waren, wie Blüten selten sind. Geschlafen hatte ich in einem weichen Riesenbett, und statt für das weiche Riesenbett dankbar zu sein, hatte ich Anstoß am Nachtlärm genommen, am Heulen und Hupen der Autos, am Kreischen der Straßenbahn. Ich hatte sogar, da ich das bißchen Einsamkeit im Hotelzimmer kaum ertrug, noch vor dem Schlafengehn die Freundin in Zentraleuropa angerufen, um ihre Stimme zu hören und über den Regen zu klagen, der vor dem Fenster niederging.

So geht es nicht, sagte ich mir, und ich verließ die Zinne von Fort Kait Bey und eilte auf der alten Uferpromenade, die heute aus einem Gehsteig besteht, der zwischen Quaimauer und sechsspuriger Autostraße verläuft, stadteinwärts der Ramleh-Station entgegen, hinter der mein verfehltes Hotel stand, wo ich zusammenpackte und zahlte. Ich ging zu Fuß zum Midan Tahrir, einst Place des Consules oder Mohamed Aly Square genannt, einst Prunkstück und europäisch schlagendes Herz der Stadt, und in einer der Seitengassen, in die der Orient sich damals hatte zurückziehen müssen, fand ich in einem verlotterten Gasthaus ein neues Quartier und ein Zimmer von ausreichender Trostlosigkeit. Ich legte mich auf die Eisenpritsche und starrte zur Decke. Ich merkte, daß ich es hier kaum aushalten würde ohne wärmenden Trank, und stand wieder auf, um danach zu suchen. Der Taxifahrer verstand nur Arabisch, ich fragte: Whisky fen?, was so viel heißt wie: Whisky wo? – Er nickte und kippte gestisch ein Glas. Zum Zeichen, daß es mir nicht um ein Glas ging, ahmte ich beidhändig die Form einer Flasche nach. Er nickte und fuhr los. Obwohl es mir recht war, etwas mitzubekommen von der betäubenden Dreimillionenstadt, fragte ich nach einer Viertelstunde:

Fen? – Der Fahrer zeigte nach vorn. Nach einer halben Stunde protestierte ich, denn die Stadt lag jetzt hinter uns. Der Fahrer fuhr weiter. Vor einer Bar in einem Vorort hielt er an. Wir stiegen aus, er umarmte den Barbesitzer, und der Barbesitzer fragte mich auf englisch, ob er mir ein Glas Whisky bringen solle. Es gehe mir um eine Flasche, sagte ich, nicht um ein Glas. Flaschen verkaufe er nicht, sagte er, aber er kenne ein Geschäft in der Nähe. Wir fuhren hin. Der Whisky, der wirklich im Regal stand, war ein ägyptischer Whisky, an dem man, wie ich vernommen hatte, sterben konnte. Ich schüttelte den Kopf und sagte: Johnnie Walker. – Der Geschäftsinhaber zögerte kurz, verließ den Raum und kam mit einem grünen Plastiksack zurück. Er nannte den wuchtigen Schwarzmarktpreis. Ich nahm die Flasche aus dem Sack, sie sah echt aus, und ihr Verschluß schien intakt. Ich bot die Hälfte und zahlte drei Viertel. Der Taxifahrer war vergnügt auf der Rückfahrt. Good Whisky, good Whisky, sagte er ständig. Yes, yes, sagte ich, obwohl ich inzwischen fast sicher war, daß man mir Eselbrunz angedreht hatte. Am Midan Tahrir stieg ich aus und gab dem Fahrer, der ja gesehen hatte, wie reich ich war, was er von mir verlangte. Ich ging zum Hotel, ging in mein lichtarmes Zimmer und öffnete die Flasche. Ich roch und schnupperte, nahm einen winzigen Schluck und merkte sofort: Er ist echt. – Ich trank und blieb trotzdem bedrückt. Ich versuchte zu schlafen, aber die Augen fielen nicht zu, starrten zur

Decke und sahen Heinrich im Hinterzimmer eines maltesischen Schuhmachers auf einem Strohsack liegen und zur Decke starren. Das Gestern zerfetzt, das Morgen im Dunkeln – wie erträgt man die Leere des Jetzt? Wie überlebt man entwurzelt?

Es war kein Strohsack, auf dem ich lag, es war ein schlecht gegerbtes Leopardenfell mit wenig Haaren, und vermietet hat mir das Hinterzimmer ein griechischer Viktualienhändler. Dies nebenbei. Und vergiß nicht den glühenden Funken. Ich bin nicht unablässig hoffnungslos gewesen, auch darum nicht, weil ich zu jener Zeit noch glaubte, die Trennung von Frau und Kind sei nur befristet. Wenn ich den Riß als unheilbar empfunden hätte, wenn Hirn und Herz fähig gewesen wären, das Ende als endgültig zu fassen: ich wäre zugrunde gegangen. Manchmal war ich nahe daran, regte mich kaum noch, lag krank und heimwehkrank und übersät von Wanzenbissen auf meinem Fell und schüttete Schnaps in die Leere. Doch eines Morgens, nach Wochen der Starre und der Versumpfung, schlug ich die Augen auf, konnte die Glieder bewegen, erhob mich im fast wilden Drang, zu wandeln und tätig zu sein. Ich begab mich zur Place des Consules, ließ mir von einem Stiefelwichser die Schuhe polieren, kaufte im nahen Bazar einen Schlagstock aus Nilpferdhaut, wie ihn die Eseljungen benutzten, einen biegsamen Stock, mit dem ich mich selbst auf Trab halten wollte, sowie ein bemaltes Straußenei als Zeichen des Neuanfangs.

Hier riß der Film, und so beschwörend ich auch zur Decke schaute, ich sah nur noch ein Flimmern. So fordernd ich auch horchte, ich hörte nur noch den blechernen, allen Verkehrslärm übertönenden Singsang des Muezzins. – Du, rief ich leise, sprich doch weiter, zeig mir, was weiter geschah, denn ich weiß nichts, fast nichts über das erste Jahrzehnt deiner Zweitexistenz. – Ich wartete auf Widerhall, griff von Zeit zu Zeit nach der Flasche, und im gleichen Moment, als mir die Augen zufielen, sagte mein Ururgroßvater in einem milden, ja fast entschuldigenden Ton: Man läßt sich hier ungern rufen, nur ungerufen erscheinen wir gern.

Anderentags, Regen, abweisender Wind, ging ich gedämpfter Stimmung und ohne Wahrnehmungslust durch die Straßen. Das Sehenswürdige zu würdigen gelang mir nicht, und der Geist der Stadt blieb mir fremd. In einem Kaffeehaus massierte ich meine eisigen Knie, trank Cappuccino und zog Charles' Brief hervor, meinen zerknitterten Reisebegleiter, um noch einmal zu lesen, was der Sohn über die alexandrinischen Jahre des Vaters vom Hörensagen mitbekommen hatte oder mitbekommen zu haben glaubte, als er sich als schreibender Greis zu erinnern versuchte. – *Mein Vater wollte nach La Plata (Argentinien) auswandern, wo junge Schweizer, die ihre Heimat verlassen wollten, willkommen waren. Inzwischen brach dort eine Gelbfieberepidemie aus, und Vater war gezwungen, in Alexandria (Ägypten) an Land zu gehen.* – Hatte Charles keinen Atlas? War er der

Meinung, Ägypten liege ungefähr am Weg nach Argentinien? Oder hat er sich unscharf ausgedrückt und eigentlich sagen wollen, daß Heinrich schon im Hafen von Le Havre oder Marseille von der Epidemie erfuhr und sich deshalb nach Alexandrien einschiffte? – Ich las Charles' nächsten Satz. *Herr Planta, ein Schweizer, dem er stark empfohlen worden war, lud ihn nachdrücklich ein, in Alexandria zu bleiben, und stellte ihn in seinem Handelshause, das ägyptische Baumwolle exportierte, sogar an. Dies dauerte einige Jahre.* – Warum, so fragte ich mich nicht zum ersten Mal, soll Heinrich dem Herrn Planta in Alexandrien empfohlen worden sein, wenn sein Ziel doch La Plata war? Und wer wäre so tollkühn gewesen, den Bankrotteur Bluntschli stark zu empfehlen? – Dies waren im Grunde erledigte Fragen, denn es war mir bekannt, daß Herr Planta, den es tatsächlich gab und der mit vollem Namen Peter von Planta-Fürstenau hieß, erst im Jahr dreiundfünfzig ägyptischen Boden betreten und eine Firma gegründet hatte – drei Jahre *nach* Heinrichs Landung. Daß Heinrich in Plantas Handelshaus je eine Stelle innehatte, war trotzdem denkbar, aber unwahrscheinlich: Sein Name fehlt in Plantas Erinnerungsbuch, das alle Schweizer Mitarbeiter nennt, die in den ersten Jahren bei ihm tätig waren. Aber es gab in der fraglichen Zeit, laut Charles, noch einen anderen Posten für Heinrich: *Da wurde eine Bank gegründet, die Banque Austro-Egyptienne, und man stellte den Vater als Prokuristen an und mit ihm einen gewissen Herrn Jules Blum, der später Sous-Sécretaire im vizeköniglichen Finanzministerium wurde und immer ein guter und aufrichtiger Freund meines Vaters war.* – Nichts wollte zusammenpassen, es war zum Verzweifeln: Den Österreicher Julius Blum, später Blum Pascha, gab es tatsächlich, allein, er kam erst im Jahr vierundsechzig nach Alexandrien, als Angestellter einer kleinen Niederlassung der Wiener *Credit-Anstalt*. Und die Gründung der *Austro-Ägyptischen Bank*, der Julius Blum dann als Direktor vorstand, erfolgte erst im Jahr neunundsechzig, mithin zur gleichen Zeit, als Heinrich Postdirektor von Ismailiya wurde. – Charles weiter: *Während Vater in der Bank arbeitete, verhalfen ihm sein Charakter und seine Fähigkeiten zu einem großen Bekanntenkreis. So war er unter anderem mit Vizekönig Abbas Pascha bekannt, der ihn zum Generalinspektor all seiner Ländereien ernannte.* – Es war zum Verzweifeln: Abbas Pascha, der alle Europäer aus dem ägyptischen Staatsdienst verjagte, der grausame Despot, der anno vierundfünfzig vergiftet oder erdrosselt wurde, soll Bluntschli, ein gestrandetes Nichts, von seinem Leopardenfell in eines der höchsten Ämter gehievt haben?

Ich versorgte Charles' Brief, trank meinen Cappuccino aus und fand die Art, wie Charles seinen toten Erzeuger ehrte und erhob, berührend. Hand und Fuß im historisch gesicherten Sinn hatte zwar nichts, und Heinrichs Schattenjahre blieben im Schatten, aber der glänzende Teppich, den der

Sohn dem verkrachten Ankömmling und späteren Vater auslegte, zeugte von Liebe. Sie jedenfalls war beglaubigt.

Im Nuzha-Park, im *Jardin Nouzha*, der früher außerhalb Alexandriens lag und heute als grüne Lunge des östlichen Stadtteils dient, schien plötzlich die Sonne. Ich ging im Hemd, und der Witterungswechsel paßte zum zeitlichen Sprung, zu dem ich mich im Kaffeehaus entschlossen hatte. Eben war Heinrich noch am Anfang gewesen, im Nuzha-Garten war er bereits schlohweiß. Und wenn es den Park noch gab, in dem sich die Schweizerkolonien aus ganz Ägypten einst zum größten und rauschendsten Fest ihrer Geschichte versammelt hatten – sogar die *Neue Zürcher Zeitung* hat über den Anlaß berichtet –, dann gab es vielleicht auch noch das, was ich außer der Stille hier suchte. Der Park, nicht wild und nicht geschniegelt, ist ausgedehnt und reich an Wegen und Wiesen und subtropisch fremdem Gewächs, und es gelang mir, während ich flanierte, nicht ganz, mir diesen Ort als Fest- und Rummelplatz der über tausend Schweizer vorzustellen, die hier diversen Reden lauschten, diverse Heimatlieder sangen und sonstige Bräuche pflegten, unter denen, laut der erwähnten Zeitung, *die edle Schießkunst wie billig den ersten Rang einnahm*. – Ob Heinrich, vom Taumel erfaßt, wohl auch zur Flinte griff? Schwerlich, denn seine Hände waren alt und seine Sehkraft vermindert. Aber er war dabei! War von Kairo nach Alexandrien gereist, um den runden Geburtstag der Schweiz mitzufeiern, und ich habe sogar, fast ohne suchen zu müssen, den unverwechselbaren Baum gefunden, den gigantischen, uralten Banyan-Baum, unter dem er sich und die Seinen an jenem Tag hatte ablichten lassen.

Ich habe mich auf eine Steinbank gesetzt und das Foto hervorgenommen. *Jardin Nouzha, le 1er Août 1891*, war auf der Rückseite mit blauer Tinte vermerkt, und ich habe abwechslungsweise das Bild und den Baum angeschaut, den lebenden, ragenden, unsterblich wirkenden Zeugen und die abgebildeten, weniger haltbaren Menschen. Heinrich und Catherine saßen auf einer Holzbank, getrennt durch ein Hündchen, das zwischen ihren Füßen auf dem Boden lag, und flankiert von den stehenden Söhnen Rodolph und Georg. Charles fehlte, er lebte damals schon in Triest, als Kaufmann und in glücklicher, doch kinderlos gebliebener Ehe. – Catherine, Mitte vierzig, reif, schwarzhaarig, die Hände in durchsichtigen, schwarzseidenen Halbhandschuhen auf dem Schoß, sonst ganz in Weiß, saß mit gesenktem Kopf und verschleierten Augen. Heinrich, siebenundsechzig, unstattlich und etwas verrutscht von Gestalt, dafür mit weißem Vollbart und Fez und im dunklen Sonntagsgewand, das allerdings etwas abgeschabt schien, schaute angestrengt und doch wie blind in die Ferne. Ernst, fast finster blickten die Söhne, traurig das Hündchen. Von Festfreude nicht ein Hauch. Etwas Schweres, Mattes ging aus von diesem Familienbild, etwas so rätselhaft Melancholisches, daß mir auf einmal war, als sei mir der Banyan-Baum ein erklärendes Raunen schuldig. Der Zeuge schwieg und ließ seine Luftwurzeln hängen.

Aber Heinrich sprach überraschend und ungerufen. Zwar nicht mehr im Jardin Nouzha und nicht über Familiäres, nur über sich. Ich hatte mich dem alten Mahmudiya-Kanal entlang durch den ägyptischen Alltag und die ägyptische Armut zum Stadtzentrum durchgekämpft, und am Mohammed Ali-Platz war mir ein bislang übersehener, da etwas zurückversetzter, von Bäumen und Büschen halb verdeckter Bau aufgefallen, der mich von Ferne an einen Mameluckenpalast erinnerte. Es handelte sich aber, wie ich aus der Nähe feststellen und lesen konnte, um die ST. MARK'S ANGLIKAN CHURCH, und da ich sah, daß sie im Jahr MDCCCLV vollendet worden war, mitten in Heinrichs alexandrinischer Zeit, fragte ich mich, ob er, obwohl evangelischen Glaubens, vielleicht ab und zu Einkehr gehalten habe in ihr. Gleichzeitig dachte ich an Charles' Legende, wonach sein Vater oft und *zur Freude der Kirchgänger* den deutschen Pfarrer in Alexandrien vertreten habe, und jetzt, in diesem Moment begann Heinrich stockend zu reden.

Es ist Dunkles zu beichten, sagte er, brach aber gleich wieder ab. – Ich wartete, ich wollte nicht fordernd sein und hörte mich nach einer Weile sagen: Es ist doch alles abgetragen und verjährt. – Da sagte er: Siehst du den Spruch unter dem Giebel der Kirche? Lies die letzten vier Worte davon. – Ich las: … FROM GENERATION TO GENERATION. – Eben, sagte er, mein Buckel ist dein Buckel, und wäre ich in meinen frühen Jahren hier ein Sklavenhändler gewesen, so wäre auch in dir noch einer, die Seele kennt keine Verjährung. – Mit Verlaub, sagte ich. – Ich will nicht rechten, sagte er, ich will dir etwas anvertrauen. – Entschuldigung, sagte ich und hörte nichts mehr und glaubte ihn schon weg, als er noch einmal zu reden begann.

Ich bin ja nackt gestrandet hier. Und da mich niemand gekannt hat, bin ich ein Niemand gewesen und also frei, fast alles zu sein oder zumindest zu scheinen, frei, mich auch als das auszugeben, was ich nicht war, was aber, daß ich es sei, der Lebenswunsch meines Vaters gewesen ist, nämlich ein Pfarrer. Ich habe dann und wann und da und dort bei neuen Bekannten erwähnt, ich hätte Theologie studiert, mich aber nach Abschluß des Studiums aus inwendigen Gründen für eine andere Laufbahn entschieden. So habe ich mich eingeführt. So hat der alte Adam sich nach allem, was gewesen war, noch einmal in mir gerührt, und dann ist die Stunde der Wahrheit gekommen. Denn nach der Fertigstellung dieser Kirche, der anglikanischen Sankt-Markus-Kirche, haben Alexandrias protestantische Christen, vorwiegend Deutsche, Franzosen und Schweizer, das alte gottesdienstliche Lokal der Anglikanischen geerbt und sogleich eine Gemeinde gegründet und die preußische Landeskirche um Entsendung eines Pfarrers gebeten, und der Pfarrer ist bald schon eingetroffen und hat Heinrich Sior geheißen. Und als er einmal erkrankte, hat man auf mich zurückgegriffen und mich gedrängt. Ich habe nur die Wahl gehabt, zu meiner Lüge zu stehen und meinen Ruf erneut zu ruinieren oder eine zweite Sünde auf mich zu laden, damit die erste nicht ruchbar werde. Es ist nicht um die Sorge gegangen, daß mich das Halten einer Predigt überfordern könnte – ich habe Aberhunderte von väterlichen Predigten mit angehört –, es ist um die Frage gegangen, ob ich, um meine neue Haut zu retten, noch einmal in die alte schlüpfen dürfe. Ich habe es getan, ich habe mich zum letzten, zum wirklich allerletzten Mal in meinem Leben in eine angemaßte Tracht geworfen und mein Gewissen mit der Vorstellung beruhigt, meinem seligen Vater eine Freude zu machen und seiner Vision – *ich sehe dich als Pfarrer* – doch noch gerecht zu werden. Ich bin auf die kleine Kanzel gestiegen, als Schwindler und falscher Diener des Herrn, und habe vor rund zwanzig Gläubigen gepredigt, und so unrein mein Gewissen auch war, so empfunden sind meine Worte gewesen. Am anderen Tag hat mich ein Nervenfieber ergriffen und in die Nähe der letzten Schwelle gebracht.

Heinrich verstummte. Ich fragte, ob ihm das Bibelwort, das er ausgelegt habe, noch in Erinnerung sei. – Ja, sagte er. – Gegen den plötzlich vernehmbaren, scheinbar anschwellenden Lärm des

Verkehrs ankämpfend, rief ich: Wie hieß es? – *In der Welt habt ihr Angst*, flüsterte er mir so leise ins Ohr, als gehe es um eine unerhörte, für mich allein bestimmte Neuigkeit.

19

Ich reiste per Bus nach Kairo zurück. Der Bus nahm nicht, wie mir gesagt worden war, die Route durchs Nildelta, er nahm die Wüstenautobahn. Sand links und rechts, dafür ein ägyptischer Videofilm, in dem ein Dreiecksdrama tobte. Im Augenblick, in dem die eine Frau ihren Geliebten mit einem Messer bedrohte und die andere Frau die Messerfrau mit einem Revolver in Schach hielt, stoppte das Band, und statt sich um die Fortsetzung zu kümmern, spulte der schläfrige Fahrer das Band ein wenig zurück, und man sah jetzt die letzten zwanzig Minuten des Films ein zweites Mal. Kein Fahrgast kam auf die Idee, sich zu beschweren und auf das Ende zu pochen. Das Ende der Geschichte schien allen einerlei und eigentlich auch mir. Ich döste vor mich hin und nickte ein. Ich fühlte mein Gesicht liebkost von einer Frauenhand, die so unendlich zart und flaumig war, wie Frauenhände nur im Traum sein können. Gelächter weckte mich. Ein Händler, anscheinend zugestiegen beim letzten Zwischenhalt, stand neben mir im Mittelgang, hielt einen Staubwedel mit geschnitztem Elfenbeingriff in der Hand, fuhr mir damit noch einmal übers Gesicht und legte ihn dann, zum Zeichen, daß ich ihn kaufen müsse, auf meine Oberschenkel. Ohne zu zögern kaufte ich ihn, dann erreichten wir Kairo.

Es lagen nur noch vier Tage vor mir bis zum Heimflug, Pläne hatte ich keine mehr. Höchstens noch einmal die Pyramiden. Vielleicht noch einmal der protestantische englische Friedhof, wo die fehlende Hälfte des Grabsteins inzwischen vielleicht wieder aufgetaucht war. Aber Schwung und Neugier waren dahin, und der Chamsîn, der schwüle Wüstenwind, der den Smog über der Stadt in die Straßenschluchten niederzudrücken schien, so daß man wie durch Nebel ging und die Sonne als bleichen Vollmond sah, ließ mich vollends erschlaffen. Trotzdem besuchte ich noch einmal die liebenswürdige Frau R. in ihrem Büro hinter dem Schweizer Botschaftsgebäude, und ich war wieder frisch, als sie mir sagte, es habe sich in Kairo nun doch noch eine Spur meines Ururgroßvaters gefunden: Eine betagte Schweizerin, die hier geboren worden sei und lebe und meinen baldigen Besuch erwarte, werde mir alles Nähere schildern. Sie heiße mit Vornamen Warda, was im Arabischen soviel wie Blume oder Rose bedeute.

Ich fuhr gleich hin, so als befürchtete ich, sie könnte jeden Moment verwelken und die entscheidende Botschaft mit sich nehmen. Aber ich traf eine lebendige Greisin mit lebendigen hellbraunen Augen und beweglichem Geist, die mir inmitten vergilbter Wände, Möbel und Bücher während Stunden erzählte: von ihrem Großvater, der um achtzehnhundertsechzig als Kaufmann nach Ägypten gekommen sei, von ihrem Vater, der in El Uedi eine Gips- und Ziegelfabrik geleitet und daneben eine Sammlung exotischer Bäume angelegt habe, und schließlich auch von ihrem eigenen, bewegten Leben – und es war alles so spannend und bunt, daß es mir leichtfiel, auf die Zentralbotschaft zu warten und nicht enttäuscht zu sein, als es sich zeigte, daß sie nicht ganz so zentral wie erhofft war. Sie habe, sagte die zweiundneunzigjährige Warda, im einstigen *Pensionat de la Mère de Dieu* zu Kairo ein paar Mädchenjahre verbracht, zusammen auch mit zwei Schwestern, die Hélène und Gisèle Bluntschli geheißen hätten, vif, lieb und etwas stumpfnasig beide, sie sehe sie noch vor sich, so wie sie auch die Uniform, die alle hätten tragen müssen, noch vor sich sehe: Im Winter ein dunkelblaues Röcklein aus Wolle mit Samtbord und drei goldenen Knöpfen auf der Mitte der Brust, dazu ein samtenes Hütchen. Im Sommer ein Baumwollkleidchen, blau-weiß gestreift, und einen Strohhut mit blauem Band aus Seide. – Mehr wisse sie nicht, sagte Frau Warda traurig. Sie sei dann als Gouvernante in England und Italien gewesen, danach als Studentin in Zürich. Nach ihrer Rückkehr habe sie keinen Kontakt mehr gehabt mit Hélène und Gisèle, sie könne nicht sagen, was aus den beiden geworden sei.

Ich wußte es auch nicht. Ich wußte aus Erzählungen meiner Großmutter nur, daß Hélène und Gisèle die Töchter Rodolphs waren und Heinrichs Enkelinnen. Und ich wußte jetzt auch, daß die einzige noch nicht verwehte Bluntschli-Spur, die ich im ägyptischen Heute gefunden hatte, in einem

Bild bestand, das aufgehoben war im Großhirn einer alten Frau.

Der trübe Deckel über Kairo verflüchtigte sich über Nacht und gab den Himmel wieder frei. Sein erstaunliches Blau zog mich am Vortag meines Heimflugs hinauf zur Zitadelle, von wo aus ich Abschied nahm von der unter mir liegenden Stadt und von den Pyramiden am sandgelben Westhorizont. – In der gewaltigen Gebetshalle der Alabaster-Moschee, die die Zitadelle beherrscht, ging ich schuhlos auf rotem Teppich, und während ich mich in Kathedralen und Domen fast immer bang und belastet fühle, war mir das Herz hier leicht. Ich setzte mich am Saalrand auf den Boden, saß lange, das Licht im Raum war anschmiegsam, und vor der Zukunft graute mir nicht.

Auf dem Rückweg zum Hotel, es dunkelte schon, verirrte ich mich. Ich nahm kein Taxi. Ich nahm nach einer Stunde den Stadtplan hervor und fragte jemanden nach dem Namen der Straße, auf der ich gerade ging. Sie hieß Sharia Ramses. Ich sah, daß ich nicht allzu weit von meinem Hotel entfernt war, und folgte der Straße in südwestlicher Richtung. Es fiel mir ein, daß die Sharia Ramses einst Rue Malika Nazli geheißen hatte und daß ich der Rue Malika Nazli schon einmal begegnet war – im Berner Bundesarchiv und bei der Durchsicht von schwer lesbaren und auf französisch abgefaßten Sitzungsprotokollen der einstigen *Société Suisse de Secours du Caire*. Ich hatte in ihnen nach Heinrich gesucht, war aber nur ein einziges Mal auf seinen Namen gestoßen, nämlich im Protokoll der Generalversammlung vom Januar 1902, die stattfand in einem Lokal an der Rue Malika Nazli. Unter dem Traktandum *Verschiedenes*, so war und ist im Protokoll vermerkt, gedachte Ernest Cramer, der Präsident des Hilfsvereins, der abgebrannten Vagabunden aus der Schweiz ein wenig auf die Beine half, gedachte der Präsident vor siebzehn anwesenden Männern des verdienten und im Juni des Vorjahrs verstorbenen Mitglieds Heinrich Bluntschli. Ob die Versammlung sich erhoben hat, vielleicht geschwiegen hat für einige Sekunden, war nicht vermerkt im Protokoll.